KB084004

매일 아는 이름이 늘어나고,
알고 있던 이름을 잊어버리게 되는 것은
어쩔 수가 없다. 우리는 그중
어떤 이름을 기억하게 될까.

어떤 이름에게

2017년 11월 16일 초판 발행 · 2023년 6월 19일 2판 1쇄 발행 · **지은이** 박선아
펴낸이 안미르, 안마노 · **기획·진행** 문지숙 · **편집** 우하경, 김한아 · **디자인** 박현선
영업 이선화 · **커뮤니케이션** 김세영 · **제작** 세걸음 · **글꼴** 초행, Cantoria MT Std

안그라픽스
주소 10881 경기도 파주시 회동길 125-15 · **전화** 031.955.7755 · **팩스** 031.955.7744
이메일 agbook@ag.co.kr · **웹사이트** www.agbook.co.kr · **등록번호** 제2-236(1975.7.7)

ISBN 979.11.6823.213.6 (03810)

어떤 이름에게

박선아

안그라픽스

이야기는 들려줄 사람이 없으면 길을 잃곤 합니다.
그 때문에 뭔가를 쓸 땐 머릿속에 누군가를 감춰두지요.
여행하며 마주한 이야기를 그때그때 떠오른 이에게
편지로 써뒀습니다. 순서가 조금 바뀐 것뿐입니다.

이전에는 한 사람을 떠올리며 쓰고 모두에게
말하는 것처럼 굴었어요. 이번에는 그 어떤 이름을
먼저 불러봤습니다.

그리움

나는 왜 집에서 조금만 멀어지면 ㅇ가 그리울까. 옆에
있을 때는 ㅇ 때문에 화가 나거나 속이 상할 때가 많은데
집을 나서면 꼭 그래. 문 앞에서 바로 ㅇ가 보고 싶어.

오늘 인천공항에 데려다주면서 "집에 가기 싫다."라고
했잖아. "어디 가서 차라도 마시고 들어가." 했더니
같이 차 마실 친구가 없다고 말했어. 왜 친구가 없느냐고
되물으면서 무서웠어. 나이가 들면 나에게도 친구가
몇 남지 않는 걸까. 그땐 이렇게 편지를 쓰고 싶어도
쓸 사람이 떠오르지 않을까.
미안해. ㅇ의 현재를 두고 나의 미래를 생각해서.

ㅇ는 캐리어를 내려주고 공항 밖으로 빠져나갔고,
나는 ㅇ가 탄 차가 사라지고 난 뒤에 공항으로 들어왔어.
오늘 비행기를 안 탔다면 우리는 어딘가에서 차를
마셨을까? ㅇ와 나는 친구가 될 수 있을까?
오늘 함께 차를 마시지 못한 걸 언젠가 후회하게 될까?
모르겠다. 나는 늘 엄마가 그리워.

병에 담긴 편지

한국은 덥다고 하던데 더위 속에서 나무 만지는 일을
잘 하고 있을까, 궁금하네. 지난봄에 지하철을
세 번이나 갈아타며 분당으로 오빠를 보러 갔었잖아.
그 봄에는 종종 친구들의 일터에 찾아가곤 했어.
친구들이 회사 얘기를 할 때, 어떤 풍경을 상상해야 할지
몰라서 이야기에 집중하지 못한 적이 있거든. 나는 마침
백수니까, 점심시간에 맞춰 그들이 일하는 곳으로
놀러 가곤 했지. 근처에서 밥을 먹고, 운이 좋으면 일하는
사무실도 구경할 수 있었어. 오빠네 공방도 마찬가지고.

덕분에 지금, 멀리 베를린에서도 오빠가 일하고 있는
모습을 상상할 수 있다. 어느 공간에 앉아 수저를 깎고
있겠구나, 그때 봤던 커다란 에어컨은 잘 돌아가고
있을까, 뒤편의 카페에서 시원한 커피를 종종
사 마시겠지, 쉬는 시간엔 야외의 그 자리에서 애인에게
전화를 걸겠구나. 그런 생각을 하곤 해.

오늘은 베를린의 사진 갤러리에서 전시를 봤어.
유명 작가들의 기획전이 열렸는데 그 전시장의 출구
쪽에 한 신진 작가의 전시를 하더라고. 거기에서
〈Message in a Bottle〉이라는 사진과 영상을 보게 되었어.
병에 편지를 담아 바다에 던지면 바다 건너편의
누군가가 받게 된다는 내용이었지. 유럽의 어느 나라에
서 쓴 편지를 일본에서 받은 놀라운 이야기도 있었어.
사실 전체를 잘 이해한 건지는 모르겠다. 읽다 말았거든.

'언젠가 이 얘기를 영상으로 본 적이 있었는데…'
싶어서 곰곰이 생각해봤는데 오빠와 한 사무실에서
일했던 어느 날이 떠올랐어. 취재를 나가고 원고를 쓰고
마감하는 정신 없는 와중에 오빠는 종종 뭔가를
건네주곤 했지. 때론 어느 음악가의 앨범이었고,
유튜브 영상이었고, 책일 때도 있었고, 커피 한 잔이기도
했어. 그때 받았던 영상 중에 병에 편지를 담아 던지는
사람의 다큐멘터리가 있었던 것 같아.

요즘, 그런 생각을 해. 우리는 원하든 원치 않든 서로에게
유리병을 던졌던 게 아닐까. 물건을 사며 인사를 건넨
어느 점원의 말 한마디가 오래 기억에 남을 때가 있어.
가까운 사람과 진지하게 긴 대화를 나눴지만, 아무것도
기억나지 않을 때도 있고. 마주하는 모든 사람은
서로에게 한없이 병을 던지는 것 같아. 어떨 때는 기뻐서,
또 어느 날엔 슬퍼서, 언젠가는 화가 나기도 했었지.

이전에 내가 "나는 좋은 사람이 되려고 노력하지 않을
거야. 그냥 생긴 대로 살래."라고 말했던 기억이 나.
그때 오빠가 "그래도 조금은 노력해야 하지 않을까."
말해줬었는데 그 유리병이 오늘 내 근처에 와닿았다.

달

셋이 베를린을 여행하다가 며칠 전에 네가 한국으로 돌아갔어. 그게 오늘 참 아쉽다. ㅇ과 둘이 산책을 하다가 보름달을 발견했거든. "달이다!"라고 외친 다음에 둘 다 신이 나서 "별도 많아!" 하며 한참 하늘을 봤어. 집으로 오는 길에도 몇 번이나 밤하늘을 올려다봤지.

세계 어디서든 같은 달을 볼 수 있다는 걸 알게 된 날이 있어. 아일랜드에 살 때, 친구 집에서 파티가 있었거든. 술이 다 떨어져서 일본 친구와 마트에 가서 맥주를 샀지. 이미 좀 취해 있었기에 맥주가 든 봉지를 이리저리 흔들며 거리를 걷고 있었어. 앞서가던 친구가 "보름달!"이라고 외치는 거야. 우리는 멈춰 서서 달을 봤어. 달이 크고 예쁘길래 한국에 있는 친구에게 보름달이 떴다고 메시지를 보냈지. 그때 친구가 한국에도 오늘 보름달이 떴다고 말해주더라고.

시차는 있겠지만 지구 어디서든 같은 달을 보고
있다는 걸 그때 처음으로 알아차렸어. 당연한 일인데,
머리로만 알고 있던 일들을 새삼 알게 될 때가 있잖아.
그런 순간이었지. "지금 한국에 있는 내 친구도 우리
엄마도 아빠도 같은 달을 보고 있대. 그리움이 덜어진다."
그랬더니 달을 보던 친구가 갑자기 울더라고. 그 후로
우리는 별말이 없었는데, 나도 조금 울었던 거 같기도
하고. 취해서 그건 잘 모르겠다. 그렇게 거리에 앉아
있다가 한참 뒤에 파티 장소로 돌아갔고, 다른
친구들에게 맥주를 만들어왔냐고 야유를 받았지.
아마, 그때부터였던 것 같아. 달을 좋아하게 된 것.

담양에 있는 고등학교에 다닐 적에는 보름달이 뜨면
한 선생님이 급식소 앞에 공고를 붙였어.
'달빛산행 갈 사람은 밤 8시까지 후문으로 올 것!'
가로등도 없고, 손전등도 없이 달빛에 의지해 산을
오르는 산책이었어. 가능할 것 같지 않지만, 거뜬해.
달빛만으로 산에 오를 수 있더라. 그땐 10여 년 만에
처음으로 달빛이 밝다는 걸 알았는데, 그로부터
10여 년이 더 지난 지금은 지구 어디에서도 같은
달을 볼 수 있다는 걸 알고 있네.

한 자리에 머물러 있는 어떤 것들에 고마운 마음이 든다.
지난번에는 폭설이 내리는 날 순창에서 만났으니,
이번에는 보름달이 뜨는 날에 담양에서 만나면 좋겠다.

바보의 친구

나는 지금 베를린의 어느 카페에서 커피를 기다리고
있어. 초조하다. 혼자 왔는데 커피가 두 잔 나올 것
같거든. 잠깐만, 커피가 나왔네. 받으러 갔다 와야지.
역시 두 잔이 나왔다. 그대로 받아서 자리로 왔어.

커피를 주문할 때, 플랫화이트와 함께 계산대 옆의
쿠키를 하나 주문했거든. 나는 "피넛버터 쿠키"라고
말했는데 점원이 그 옆의 다른 쿠키를 두 개 집어 접시에
놓는 거야. 망설이다가 "그거 말고 옆의 피넛버터 쿠키
한 개인데."라고 소심하게 다시 말했어. 집게손가락을
펴면서 한 개를 강조했고. 점원은 미안하다며 쿠키를
다시 진열대에 넣고 피넛버터 쿠키를 꺼냈는데,
또 두 개인 거야. 잠깐 망설이다가 손가락 하나를 펼치며
"한 개…."라고 말했어. 점원은 인상을 찌푸리더니
하나를 넣었지. 소심해진 나는 미안하다고 거듭 말하며
자리에 앉았어. 의기소침해져서 잔돈을 지갑에 넣는데
돈이 이상하다는걸 알아차렸어. 10유로를 냈는데
1유로를 받은 거야.

쿠키가 3유로, 플랫화이트가 3유로였거든. 왜 잔돈이
1유로일까 고민하는데 어쩐지 플랫화이트가 두 잔
나올 것 같더라고. 두 잔이 나오면 뭐라고 말해야 할까를
짧은 시간 동안 분주하게 고민했어. 고민하면서 너에게
편지를 쓰기 시작했고.

커피 두 잔 앞에서 잠깐 머뭇거리다가 "한 잔이라고
말했는데 커피가 두 잔 나왔어."라고 말했고
점원은 난감해하더니 웃으면서 "이건 어때? 소통이
잘못되었으니까 잔돈은 줄게. 하지만 이미 만든 거니까
두 잔 다 마셔."라고 하는 거야. 나는 웃으면서 고맙다고
말하고 두 잔을 받아왔어. 카페인에 민감해서 두 잔을
다 마실 수도 없는데 거절하기도 뭐한 상황이잖아.
그래서 커피를 두 잔 받아 앉아 있는데, 점원이
잔돈 3유로를 돌려주지 않네. 물도 마시고 싶어서
물을 달라고 말하면서 잔돈을 물어볼까 싶어.

'커피가 두 잔 나오면 뭐라고 말해야 할까.' 초조해할 때
네가 보고 싶더라. 예전부터 나는 이런 일에 어설펐잖아.
이런 순간에 네가 있었으면 멋지게 해결해줬을 텐데.
어떤 사람들은 답답해하며 짜증을 내기도 하는데,
너는 이럴 때마다 웃으면서 "바보"라고 말하고
대신 가줬지. 야무지고 똑똑한 내 친구.

세상에 이렇게 미숙한 사람이 나뿐일까? 핑계 아닌
핑계를 대보자면 종종 나보다 심한 사람들을
보기도 했어. 전화로 짜장면을 주문하는 게 떨려서
옆 사람에게 넘기거나, 미용실에서 머리를 자르며
자기 앞의 거울을 보는 일을 수줍어하거나, 지하철에서
앞에 앉은 사람과 눈 마주치는 일이 민망해서 읽지도
않는 책을 무릎에 펼쳐놓는 사람도 있더라고.

여전히 잔돈에 대해 못 물어봤다. 심지어 물도 마시러
가지 못하고 있어. 그 사람도 잔돈을 줄 타이밍을 놓치고
민망해하고 있을까 봐 다시 눈도 마주치고 싶지가 않아.
아, 바보 같다. 어쩐지 억울한 마음이 들어 커피 두 잔을
다 마셨더니 심장이 벌렁거린다. 오늘 밤엔 잠을
못 자겠지. 한국 시간으로 아침이 올 때까지도
잠이 안 오면, 네게 전화를 걸어야지. 오늘의 얘기를
하고 싶겠지만, 지금 쓴 편지가 있으니까 이 얘기는
아껴둘게. 네가 또 "바보"라고 말하며 웃는 모습을
생각하니 안심이 된다.

어떤 이름들

언제였더라. 네가 하늘을 보다가 "언니, 저 별자리
알아?"라고 물었어. 나는 뜬금없이 무슨 별자리냐고
했고, 너는 요즘 좋아하는 사람이 별자리를 많이 안다는
얘기를 해줬지. 그러면서 그에게 배운 몇 가지 별자리를
내게도 알려줬어.

오늘은 베를린의 식물원에 갔어. 풀밭에 앉아 낮잠을
잤는데, 한 나무가 자꾸 눈에 들어오더라고.
부스럭거리며 일어나서 나무의 푯말을 봤어. 독일어로도
영어로도 무슨 이름인지 알 수 없어서 적어둔 다음에
집에 와서 찾아봤지. 'Nigra'라는 단어였는데, 우리말로는
'양버들' 혹은 '포플러 나무'라고 부른대. 왜, 내가
좋아하는 노래 중에 이예린의 〈포플러 나무 아래〉
있잖아. 그걸 그렇게 많이 들었으면서도 포플러 나무가
어떻게 생겼는지는 오늘 처음 알았네. 나무 이름을
하나 알게 되었고, 근사한 기분이 들었지.

별자리나 식물의 이름을 더 잘 알고 싶어서 『별자리
여행』이나 『식물도감』 같은 책을 사뒀는데 어쩐지
안 펼쳐보게 되더라고. 아마 책과 둘이 골방에 갇히지
않는 이상, 앞으로도 볼 일이 없을 것 같아. 그보다는
어쩌다 하나둘 알게 되는 이름만이라도 잘 기억하고
싶다. 지금 바로 아는 식물의 이름을 떠올려보라고 하면
'목련, 매화나무, 조팝나무, 능소화, 버터컵, 플라타너스'
같은 것들이 떠올라. 이건 수많은 식물의 이름 가운데
하나겠지만, 이 이름을 알게 된 어떤 사연도 떠오르거든.

그걸 알려준 사람들이나 그 시기에 있었던 일들이
나무 이름과 같이 기억에 남아 있어. 네가 지금 몇 가지
별자리를 기억하게 되었듯, 그렇게 매해 한두 가지씩
아는 이름이 늘어나면 좋지 않을까 싶어.

네가 알게 되는 어느 식물이나 별자리의 이름에 나도
같이 새겨지면 좋겠다는 생각도 드네. 매일 아는 것은
늘어나는데, 우리는 그중 무엇을 기억하게 될까.

비밀스러운 삶

사진관에 필름 맡기면서 찍은 것을 들킬까 걱정해본
적이 있어? 오늘 친구와 점심을 먹으며 그 걱정을 했어.
왜 그런 사진 있잖아. 애인의 엉덩이라던가. 팬티만
입고 거울에 비친 모습을 찍었다던가. 친구가 자면서
가슴팍을 긁던 모습이라던가. 남들이 보면 안 되는
사진들. 사진관 주인은 그런 걸 다 봤을까? 사진관에
가면 현상된 필름들이 쭉 늘어서 있잖아. 그걸 컴퓨터로
스캔하면 한 장씩 모니터에 뜨던데, 봤겠지? 봤을 거야.
일이 되게 많으면 다행인데 한가한 사진관의 주인이라면
그런 걸 보는 게 하루의 낙일 수도 있지 않을까.

그런데도 사진관 아저씨들은 대부분 무심했던 거 같아.
여러 번 가도 내 이름을 기억한다거나 알은체를 해준
적이 별로 없어. 다른 사람의 비밀을 많이 본 사람은
자연스레 그렇게 될까? 몇 번을 가도 매번 무심히
이름을 물을 때, 서운했던 적이 있었는데 지금 생각하니
고마운 일이다. 아는 척을 해주는 순간부터는 필름을
맡기기 어려웠을 것 같아.

친구와 밥을 먹다가 그 이야기가 나오게 된 건 한
영화 때문이야. 오늘 〈바이 더 씨〉라는 영화를 봤거든.
권태로운 중년의 부부가 여행을 떠나. 그들의 호텔
옆방에는 이제 막 결혼한 신혼부부가 머무르고 있어.
우연히 부부는 벽에 난 구멍 하나를 발견하고,
매일 신혼부부의 방을 훔쳐보지. 밤마다 신이 난 옆방
커플을 훔쳐보며 그들은 흥분해. 좀처럼 짓지 않던
웃음을 짓기도 하고. 너는 어때? 그런 구멍이 있으면
훔쳐볼 것 같아? 사진관 주인이라면? 나는 훔쳐볼 것
같아. 아무도 모르게 조용히 숨을 죽이고 보겠지.
타인의 은밀함을 훔쳐보고 싶은 마음은 누구에게나
조금씩 있는 것 아닐까. 누군가의 일기나 편지를 몰래 본
기억은 내게만 있는 건가. 내가 종종 얘기했던 것 기억나?
나에겐 비밀이 참 중요하다고. 오늘 밥을 먹으면서도
또 한 번 비밀이란 단어를 생각했어. 좋아하는 산문의
한 구절을 읊어줄게. "비밀스러운 삶. 고독한 삶이 아니라
비밀스러운 삶 말이다." 장 그르니에 아저씨가 한 말이야.

지금 뉴욕에 있는 너는 어떤 사진을 찍고 있을지
궁금하네. 파리에서 만나면 디지털 카메라로 어떤
사진을 찍었는지 보여줘. 필름에 담긴 것들은
비밀로 하자.

나무들

베를린 도심 쪽으로 전철을 타고 가다가 밖을 봤어.
서울만큼은 아니지만 베를린에도 네모반듯한 높은
건물이 제법 있거든. 그날 내가 본 풍경은 이전에
베를린에서 본 적 없는 시골 풍경이었어. 작고 낮은
집들이 옹기종기 모여 있는데 저마다 자기 크기만큼의
마당을 갖고 있었지. 그 모습이 너무 귀여운 거야.
그러다 금세 도심으로 이어져서 '신기루인가.' 싶었어.
언젠가 그 역에 내려서 그쪽으로 걸어가봐야겠다고
생각했지. 생각만 하다가 오늘 다녀왔어. 함께 머무는
친구와 갔는데, 친구 말로는 주말농장 같대.

가까이 가니 집들이 다닥다닥 붙어 있고 골목이 좁아
비밀스러운 기분이 들더라. 들어가면 안 될 것 같았는데
한 걸음씩 들어가자 걷잡을 수 없이 빨려 들어가는
느낌이었지. 나무판자로 대충 지은 집들이 대부분이고
식물들은 엉성하게 자라고 있었어. 두 남자가 짐을 들고
반대편에서 오길래 쫓아낼까 봐 잔뜩 긴장했는데,

인사를 해주는거야. 그때부터 안심하고 흙길을 따라
걸었어. 과일나무가 꽤 많았는데, 비가 온 뒤라서 그런지
과일이 많이 떨어져 있더라. 그렇게 얼마쯤 걸었을까?
한 나무를 보고 고등학교 때가 생각났어.

기숙사 후문 쪽의 매실나무를 같이 본 게 누구였는지
정확히 모르겠는데 어쩐지 너였던 거 같아. 그 나무를
닮은 나무를 오늘 봤어. 그게 네가 아니라고 해도
감나무는 기억하지? 그건 기억 못할 리가 없지.
가을만 되면 다 같이 감 서리를 했잖아. 마을 어르신들이
화나서 학교로 찾아오셨던 것도 생각나. 우리는
눈치 보며 숨어 있고 선생님들이 나가서 고개 숙여
사과를 했었지. 떫은 감을 땡감이라고 불렀잖아. 장난기
많은 남자애들이 그걸 따와서 주면, 누구든 한입 베어
물고 죽을상을 했던 게 기억나. 다 함께 자주 웃었지.
산책하다 어느 나무를 보고 그때가 순식간에 떠올랐다.

같이 지내는 친구가 베를린에서 내가 웃는 모습을 별로
본 적이 없대. 무표정하게 있는 시간이 대부분이라고
하더라고. 그 시절에도 그랬을까? 제법 잘 웃는 사람이라
생각했었는데 언제부턴가 그건 바람이 된 거 같아.
웃음이 줄어들고 멍하게 앉아 있는 시간이 늘어가.
그래도 우리가 가끔 만나 옛 이야기를 할 땐, 그때처럼
웃는 일도 생기는 것 같아. 언젠가 마당을 갖게 된다면
감나무를 심을게. 서리하러 와줘. 땡감은 잘 숨겨둬야지.

밤 산책

어제는 베를린예술대학교에 전시를 보러 갔어. 학기가
끝나면 그간 진행했던 프로젝트나 졸업하는 사람들의
작품을 전시하는 행사래. 축제처럼 온 대학이 북적거렸고,
캠퍼스가 온통 전시장이었지. 여러 작품을 봤는데
한 영상이 기억에 남아.

어둑한 어느 방에 들어갔더니 모니터 한 대가 있고 옆에
두 개의 헤드셋이 놓여 있었어. 눈앞에 보이는 것을 하나
집어 들어봤더니 'LOVE'라는 단어만 계속 나오더라고.
여러 노래에서 LOVE만 잘라 편집해서 그런지 귓속에는
계속해서 '사랑'이란 단어가 들렸지. 영상 속에는
한 여자가 거리를 걷다 뛰다 하고 있더라고. 사랑에 빠져
행복해하는 것처럼 보였어. 그걸 보며 같이 미소 짓고
있는데 옆에서 다른 헤드셋을 꽂고 있던 사람의
표정이 어둡더라.

헤드셋을 내려놓는데 내 것과 다른 소리가 들려서 그걸
들어봤어. 거기에선 'HATE'라는 단어만 나오는 거야.
분명 같은 영상인데 그 소리가 들리자 여자가 변하기
시작했어. 괴로워서 달리고 걷는 것처럼 보이는 거야.
곧 차에 치일 것처럼 불안하기도 했고. 이상하고
신기한 일이지.

요즘은 혼자 밤 산책을 해. 집에서 나가면 와이파이가
터지지 않거든. 스트리밍으로 음악을 들을 수는 없고,
노래는 듣고 싶으니까 그날그날 들을 앨범을 하나씩
내려받는 습관이 생겼어. '오늘 밤 산책에는 어떤 앨범을
들어볼까.' 고민하다가 하나를 골라 내려받아.
일단 1번 트랙이 시작되면 좋든 싫든 그 음반을 들으며
산책을 해. 한 앨범이 끝날 때까지 어슬렁어슬렁
걷는 거야. 중간에 산책을 끝내고 싶을 때도 있고,
마지막 곡이 끝난 뒤에도 더 걷고 싶을 때가 있는데
어쩐지 딱 그 시간만큼만 걷게 되더라.

매일 같은 거리를 걸어. 집 근처의 도로나 공원 같은 곳.
같은 길이어도 그날의 음반에 따라 많은 게 달라
보이더라. 그런 생각을 하며 걷고 있는데, 네가 생각났어.
너는 계속 음악을 만들고 있을까? 네가 들어보라며
보내준 음악들과 네가 만든 곡들 덕분에 살만했던
날들이 있었는데. 언젠가는 그게 쓸모없는 일이라며
한숨을 쉬던 네 모습도 기억 나. 네가 만든 음악을 들으며
같은 풍경을 달리 볼 사람들을 그려봤어. 너 대신에.

함께 늙어가는 일

버스를 기다리는데 어디선가 경적이 크게 울렸어.
멀리서 들리던 소리가 가까워지고, 사람들의 환호도
함께 들렸지. 놀라 서 있는데 옆에 있던 친구가
"누군가의 결혼식이라 그래."라고 말해주더라고.
결혼한 두 사람을 태운 차가 앞서 지나가면 뒤를 따르는
친구들의 차가 모두 클랙슨을 누르는 거야. 그렇게
줄지어서 빵빵거리는 차들이 지나가면 근처의 다른
차들도 경적으로 축하를 해주더라고. 베를린에서는
경적을 울리는 일이 좀처럼 드물다던데, 이런 일에
경적을 쓴다니. 시끌벅적한 차들이 지나간 거리에
서 있는 사람들은 미소를 짓고 있었어.

오늘은 우리 엄마 생일이었거든. 엄마가 네게 전화가
왔었다고 말해주더라. 한 시간 정도 통화했다고 말하는
엄마의 목소리가 들떠 있었어. 너 우리 엄마한테
오글거리는 얘기를 했더라? 엄마가 있어서 우리가
방황하던 시기를 건강하게 잘 보낼 수 있었다고,
고맙다고 했다며? 엄마는 그 얘기를 몇 번씩 반복하며
기뻐했어. 누군가는 해야 할 말인데, 나는 쑥스러워
잘 못 하는 이야기를 네가 대신해줬네. 고마워.

EBS에서 매년 여는 다큐멘터리 영화제가 있거든.
그 행사가 끝나면 EBS 웹사이트에서 수상작들을
구매해서 볼 수 있어. 그것들을 보는 걸 좋아하는데,
언젠가 대상을 받은 〈티타임〉이라는 작품이 생각난다.
칠레의 고교 동창인 여자 친구들이 60년 넘도록
티타임을 가지는 이야기야. 한 달에 한 번씩. 이 영상은
60주년부터 64주년까지의 기록인데, 주로 할머니들의
수다나 음식이 흘러나오지. 남편에게서 받은 편지를
낭독하기도 하고, 첫날밤에 대해 호들갑을 떨기도 하고,
축구 경기가 있으면 응원하며 차를 마시기도 해.
맛있는 디저트와 따뜻한 차를 두고 이야기를 나누던
할머니들은 해가 지나면서 그 수가 점점 줄어.
몸이 아파서 참석하지 못한 친구도 있고 세상을
떠난 이도 있거든. 그걸 보며 너와 우리를 생각했어.

너는 우리가 서로의 기쁜 일과 슬픈 일에 함께하지
못한다고 생각해본 적 있어? 버스에 타서 경적을
울리던 차들이나 우리 엄마의 들뜬 목소리를 생각하다가,
한 번도 너와 함께 늙어갈 일을 의심해본 적이 없다는
걸 알아차렸어. 내가 돌아가면 곧 네 결혼식이 있겠네.
나도 네 결혼식에 큰 경적을 울려야지. 우리도 이제
주기적으로 티타임 같은 걸 가져볼까? 다 같이 모이는
횟수가 점점 줄어드는 일이 어쩐지 야속하다.

천장 영화관

베를린에서 방을 내어준 친구의 집은 천장이 높아.
독일의 다른 집도 그런가 살폈는데, 이 집이 유독
높은 거 같아. 평소에는 천장을 볼 일이 거의 없지만,
영화를 볼 때 그걸 활용하고 있어. 이번 생일에
빔프로젝터를 선물 받았거든. 그걸 쓰기에 유용한
천장이지. 바닥에 노트북을 내려놓고 빔을 연결해.
천장에 영상이 닿으면 초점을 맞추고 영화를 보기
시작하지. 영화를 보는 것도 좋지만, 천장에 닿은 빛의
초점을 맞추는 순간이 특히 좋더라.

〈센과 치히로의 행방불명〉이라는 영화를 3일째
보고 있어. 영화가 시작되면 얼마 안 되어 잠이 들거든.
아침에 깨어나면 마지막으로 본 장면을 떠올리곤 해.
다음 이야기가 궁금한데 오늘 밤이 또 있으니까 밤을
기다려. 아, 여긴 여름에 해가 길어. 밤 10시가 넘어야
해가 지지. 기다림이 조금 길다. 아마 오늘 밤도 영화를
끝까지 보지는 못할 거야. 그래도, 아니 그래서 괜찮은 것
같아. 어딘가에 가 닿는 것보다 가는 길이 더 즐거운
일이 또 뭐가 있을까. 생각해보는 중인데 사실 내게는
대부분의 일이 그런 것 같아.

우리는 고양이들처럼

길 건너에 고양이 한 마리가 살아. 베를린에 도착한 다음 날 아침, 기지개를 켜며 창밖을 보다가 고양이가 발코니에 나와 있는 걸 발견했지. 발코니에는 그물망 같은 게 쳐져 있고 고양이는 화분을 밟으며 이리저리 움직이고 있었어. 한참 그걸 본 뒤로는 다음 날에도 그다음 날에도 창문을 볼 때마다 그 고양이를 찾게 되네. 다시 나오지 않기에 '내가 잘못 봤나.' 하고 포기할 무렵 고양이가 또 나왔어. 처음 본 후로 2주 정도 지나 있었지. 그때 쓴 일기에 이렇게 적혀 있어. '얼굴이 잘 보이지 않는 저 고양이가 모찌 같고, 상수 같고, 말테 같고, 콩이 같고, 두부 같다.' 나와 사는 고양이, 언니와 사는 고양이 그리고 내 친구들의 고양이.

고양이가 안 보이는 동안은 그를 기다리며 근처의
것들을 보곤 했어. 거리에는 키가 큰 나무들이 있는데
가운데 한 나무만 작더라고. 언젠가 집에 오는 길에
저 나무를 가까이서 봐야지 다짐하기도 하고 다른 집
발코니를 구경하기도 했지. 그 고양이가 사는 집 안은
어떨까 상상하기도 했어. 같이 사는 사람은 남자일까
여자일까 또래일까 어른일까. 그러다가 저 집에 찾아가
볼까도 생각했지. 그 고양이가 정말 보고 싶었거든.
캣그라스나 통조림 같은 걸 사가서 문을 두드리고
건너편에 사는 사람인데 2주 전에 이 집 고양이가
발코니에 나온 걸 보고 기뻤다고. 가까이서 보고 싶은데
그럴 수 있냐고. 창문을 더 자주 열어줄 수 있냐고 묻고
싶었지. 그런데 고양이가 없으면 어떡하지?

진짜 잘못 봤다면? 그러다 얼마 후에 고양이가 다시
나왔어. 그 뒤로 두세 번을 더 봤지. 집에 찾아가는
일은 역시 관두기로 했어. 상상 속에서는 벌써 몇 번이나
다녀왔지만 막상 가면 떨릴 것 같더라고.

l'artisan
fleuriste

● 95, rue vieille du temple 75003 Paris
tél : 01 42 78 40 40 - fax : 01 42 78 20 40
● 6, rue de Commaille 75007 Paris
tél : 01 42 84 40 40 - fax : 01 42 84 40 41
www.artisanfleuriste.fr

그 고양이가 있는 발코니 앞으로 새가 한 마리
지나갔어. 걔가 그 새를 보고 있는 게 멀리서도
보이더라. 무슨 생각을 할까 궁금했어. 같이 사는
고양이가 창밖으로 고개를 내민 모습을 볼 때도
늘 궁금했던 거야. 고양이가 안에서 밖을 보는 일이
사람이 텔레비전을 보는 것과 비슷하다는 얘기를 들은
적이 있어. 그런데 그걸 누가 알겠어. 어떤 마음으로
바라보고 있는지는 고양이 자신만 알 일이지.

우리가 같은 회사에 다닐 때, 내가 땅을 보며 횡설수설
쓸데없는 얘기를 할 때가 있었잖아. 열심히 뭔가를
이야기하고 주변을 둘러보면 아무도 내 얘기를
못 들은 것처럼 느껴질 때가 있었어. 머쓱해서 다시
혼자 하던 일을 하려고 하면, 저쪽 어딘가에서 언니가
나를 보며 웃고 있었지. 그래서 얘기하다가 뻘쭘하면
언니가 있는 쪽을 봤던 거 같아. 언니는 늘 가만히
들어주고 있었으니까. 내가 말하지 않아도 내 마음을
살펴주는 것 같았고. 그때 정말 고마웠잖아.

한 사람의 스크루지

얼마 전, 네가 커피가 놓인 사진을 한 장 보냈지.
커피 잔에 "Be strong, I whisper to my coffee"라고 쓰여
있었어. 그걸 읽은 뒤로 아침마다 커피의 검은 부분을
들여다보면서 속으로 주문을 걸곤 해. 어떤 날에는
'강해지자!'라고 말하기도 하고, 또 어떤 날에는
'무심하게' '자유롭게'라고 다짐하기도 해. 커피 한 잔에
바라는 것을 주문으로 넣어두고 그걸 마시면 어쩐지
그렇게 될 것 같은 기분이 들더라. 별것 아닌 일인데,
아침마다 꽤 기다려지는 시간이네. 소원을 빌듯
마주 앉은 사람에게는 말하지 않고 마음속으로
커피에게 말을 걸어.

고등학생 때, 기숙사에서 네 책꽂이를 처음 봤던
날이 생각나. 우연히 네 방에 놀러 갔다가 책꽂이에
꽂힌 것들을 봤지. 흥미로웠어. 네 책꽂이에는 심오한
제목을 가진 책들이 많았어. 특히 한국 여성 작가의
소설이 많았지. 나는 그런 네 책꽂이를 들여다보며
'멋진 아이다.'라고 생각했어. 전혜린은 그때 네가
좋아한다고 말해주었던 작가였지. 네게 빌려서 앞에
몇 장을 읽었는데, 어렵고 슬프게 느껴져서 그땐

읽지 않다가 10년도 더 지난 지금, 베를린에 갖고 와서
읽고 있네. 왜 네가 그때 전혜린을 좋아했는지 이제야
조금 알 것 같아.

요즘의 아침 일과는 비슷해. 밥을 먹으며 커피를
한 잔 마시고, 커피 잔을 앞에 두고 책을 읽어. 그런 틈에
네가 보낸 메시지를 받기도 했고 이렇게 편지를
쓰기도 하지. 전혜린의 책 중에 이런 말이 있었어.
"무엇인가에 기뻐할 수 있다는 것— 축제에, 눈에,
꽃 한 송이에… 그 무엇에든지. 그렇지 않으면 잿빛
일상생활 속에서 우리는 몹시도 가난하고 꿈이
메말라버릴 것이다. 많은 사람들은 아주 쉽사리 자기의
동심을 잃어버리고 알지 못하는 사이, 한 사람의
스크루지가 되어버린다."

커피에 주문을 거는 일은 기쁜 일이지. 그런 사진을
주고받을 수 있는 것, 좋아하는 책을 나누고 또 서로의
안녕을 바라는 일도. 서로가 스크루지가 되는 일을
부지런히 막아주는 것 같다는 생각이 드는 아침이다.

앵무새와 까치

보문동에 살던 '까치' 기억나? 나 처음 까치를 봤을 때
길 잃은 개인 줄 알았잖아. 목줄도 없이 동네를
방황하기에 몇 번이나 녀석을 구조해서 주인을 찾아줘야
한다고 생각했어. 다가가면 빠르게 도망치니까 잡을 수도
없고, 볼 때마다 안타까워하며 돌아섰었지. 그러다
어느 날, 세탁소 앞에서 그 개를 다시 발견했었어.
세탁소 아저씨에게 혹시 이 개를 아느냐고 물었더니
자신과 같이 사는 개라고 말해줬지. 아저씨는 이 개가
스스로 산책을 하고 집으로 돌아올 줄 알고 심지어
길을 건널 때는 횡단보도를 이용하는 똑똑한 개라고
강조하셨어.

주인이 있다는 사실에 안심한 나는 그날 바로 동네
친구인 너를 불러 내서 호들갑을 떨었었지. 그 뒤로는
너도 이 세탁소 앞을 지날 때마다 까치를 알아보게
되었어. 우리끼리 이런저런 추측을 해본 것도 생각난다.
아저씨는 원래부터 혼자 사셨을까? 까치는 어떻게
아저씨랑 만나게 되었을까? 아무것도 물어볼 수 없었고
호기심은 그저 궁금함으로 남겨뒀었지. 그때 까치가
열다섯이었는데 지금 살아 있을까.

오늘 베를린의 한 공원에서 앵무새 한 마리와 노인을
봤어. 노인이 자전거 백미러를 뒤집어 물을 주고 있더라.
앵무새가 물을 먹길 그치니까, 어디선가 청포도 한 알을
꺼내 건네는 거야. 앵무새는 부리와 발을 이용해 그걸
야무지게 먹더라고. 둘은 같이 살까? 집에서는 어떤
모습으로 지낼까? 그걸 보고 있다가 까치 생각이 났어.
까치는 잘 지내고 있을지.

네가 어느 날, 세탁소 앞에서 찍어서 보내준 사진이
생각난다. 다림질하는 판 위에 막 씻은 까치가 올라가
있고, 아저씨가 드라이기로 까치를 말려주던 모습.
사진을 확대해서 들여다본 까치의 표정이 행복해
보였지. 오늘은 밖에서 그걸 가만히 관찰하다가 웃으며
사진을 찍었을 네가 보고 싶다.

용기 있는 순간들

베를린에서는 종종 휴대전화로 동영상을 찍고 있어.
움직이는 걸 따라가며 찍지는 않아. 가만히 있지.
무슨 말이냐면, 어딘가에 휴대전화를 올려두고 녹화
버튼을 누르거나 흔들리지 않게 손으로 붙잡고 있는
거야. 그렇게 가만히 1분을 있어. 지금까지는 바람에
흔들리는 나뭇가지나 그림자, 스티커 사진이 나오는
구멍, 반짝거리는 호수 같은 걸 찍었어. '1분'이라고
써놓고 읽어보면 짧게 느껴지는데 의외로 적잖은
시간이더라고. 그 안에 별다른 일이 생기지 않는 게
다반이지만, 신기하게 내가 찍고 있는 영상 프레임 속에
뭔가가 뛰어들기도 해. 스티커 사진을 찍고 사진이
나오는 구멍을 찍고 있는데 한 아이가 튀어나와 구멍에
손을 넣거나, 창문을 찍고 있는데 그 창문으로 남자가
고개를 불쑥 내밀기도 했지. 영상을 찍어본 건 처음인데
눈에 보이는 움직임을 더 촘촘히 느끼게 해주는 거 같아.

여행하다 보면 용기 있게 사진을 찍고 싶은 순간이 있잖아. 오늘은 카페에서 어느 아주머니의 뒷모습을 한참 봤어. 오래 들여다보다가 결국 카메라를 꺼내지 못했어. 망설이다 찍지 못하는 순간이 있지. 그래도 가끔은 용기를 낼 때도 있어. 어느 개를 지켜보다 주인에게 물어보고 사진을 찍을 때도 있고, 누군가의 뒷모습을 집요하게 따라가서 찍기도 해. 사진을 찍을 때만이 아니라 어떤 일에는 가끔 용기가 나. 정말 가끔. 이런 생각을 하다 보니 누군가 내가 용기 내는 순간을 찍어주면 좋겠다는 생각이 든다. 이왕이면 영상으로. 나이가 들면 그것들만 계속 돌려봐도 재미있을 것 같아. '나 꽤 용감하게 살았네.'라고 기분 좋은 착각을 할 수 있겠지. 사실 이 생각은 여기 와서 한 건 아니고, 지난겨울 우리가 함께 제주에 촬영 갔을 때 했던 생각이야.

제주에 있을 때, 서울에서 친구에게 전화가 왔었어.
"바람 소리가 심하네." "제주거든."으로 시작된 통화였지.
"제주에 살고 싶은데, 또 싫기도 하다? 왜일까." "제주는
네게 용기의 섬이라며. 그래서 그렇지 뭐. 만날 용기 내고
살기 두려워서?" 어느새 우리는 용기에 대해 이야기를
하고 있었어. "용감했던 순간들 왕 사랑하지. 왕 소중하지.
평생 그 순간을 다 합치면 얼마나 될까? 1년 치는 나오면
좋겠다. 죽기 전, 1년은 아무것도 안 하고 누워서 그것만
보게. 그럼 꽤 용감하게 살았다고 착각하고 죽을 수도
있겠다. 그렇지? 사실 쑥스럽고 수줍어하며 보내는 게
마음이 편해. 그러니까 69년은 그렇게 보내고 딱 1년 치만
용기 내서 살아야지."

모처럼 의기양양한 마음이 되었는데, 그때는 용기
낼 일이 도통 없었지. 그 겨울이 지나고 봄을 거쳐
여름이 왔는데 지금도 비슷해. 사진을 찍을 때, 조금 더
용기 내서 바라보는 것과의 거리를 좁히고 싶은데
매번 그러지 못하고, 억지로 그러고 싶다는 생각도
들지 않네. 열 장 중에 한 장은 아마 되게 용기 있을 거야.
아, 용기도 용기인데 수더분하게 늙고 싶다.
술을 마셔서 편지가 엉망인 거 같아.

모찌는 말이 없어서

부탁할 일이 생각나서 편지를 쓴다. 나는 지금 베를린에 사는 친구 집에 머무르고 있어. 내가 엄마와 통화를 하고 있는데, 친구가 옆에서 그러더라고. "요즘 가족들에게 연락할 일이 줄었어. 더는 키케루의 안부를 묻지 못해서인 거 같아." 키케루는 작년에 죽은, 내 친구의 고양이야.

내가 영상통화를 하면서 자꾸 모찌를 보여달라고 하고, 모찌 사진을 보내달라고 하니까 가족들은 서운해했잖아. 너무 고양이만 찾는 거 아니냐고. 나는, 정말 모찌가 보고 싶어. 가족들은 어떻게 지내는지 말해주잖아. 내가 묻지 않아도 메신저의 채팅창을 보면 알 수 있어. 오늘 네가 몇 시에 집에 들어가는지, 같이 치킨을 시켜 먹었고, 아빠는 점심을 먹었고 그런 얘기를 계속해서 하니까. 그런데 모찌는 말이 없으니까 자꾸 궁금해. 사진 좀 더 자주 보내줘.

물론 너도 엄마도 아빠도 보고 싶지.
다만 모찌는 아무 말이 없어서 그래.

P.S.
길에서 엄청 까부는 꼬마를 봤는데 네가 생각났어.
너는 밖에서는 얌전하고 집에만 오면 까부는 아이였지.
소파를 뛰어다니며 까부는 네가 보여서 웃음이 나왔다.

한 손에는 책을

오늘 집을 나서는데 네가 "가방 안 들고 가?"라고 물었어. "무거워서."라는 답에 너는 고개를 갸웃거렸지. 가방을 안 들고 나온 날에는 종종 그런 질문을 듣곤 해. "가방 안 들고 왔어?" 어떤 날에는 가방이 귀찮아. 그래도 갖고 나가야만 하는 것들이 있으니까 최소한의 것들을 챙겨. 신용카드를 끼운 휴대전화와 립스틱, 책 한 권. 이게 나에게 꼭 필요한 물건들이야. 이것들만 챙겨나가는 날이 가장 자유롭게 느껴지는 날이지. 립스틱은 주머니에 넣고 한 손에는 휴대전화를 들고 다른 한 손에는 책을 들어. 책을 손에 쥐고 걸으면 재미있는 일이 생겨. 그걸 들고 지하철을 타면 사람들이 쳐다보지. 튀는 행동을 해서 주목받는 것과는 다른 일이야. 내가 들고 있는 책의 제목을 사람들이 눈으로 훑거든. 버스 정류장에서 횡단보도에서 공원에서도 마찬가지야. 책을 들고 있으면 어김없이 사람들은 그 책이 뭔지를 확인하더라고.

하루는 그런 걸 지켜보다가 한 손에 책을 들고 다니는 일이 유행인 세상을 상상해본 적이 있어. 신발장에서 구두를 고르듯이 책장에서 책을 고르는 거야. '오늘은 이런 옷을 입었으니 저런 책을 들고 나가야지.' 하며 책을 한 권 꺼내 들지. 겨드랑이에 살짝 껴보기도 하고 골반 옆에 눕혀 들어보기도 하면서, 오늘과 가장 잘 어울리는 책을 '셀렉'해. 한 손에 가방을 들고 다른 한 손에는 책을 든 사람들이 가득한 거리. 어쩐지 우아하고 아름답지 않아? 책 한 권이 많은 걸 꿈꾸게 할지도 몰라. '저런 옛 시집을 들고 다니는 남자라니! 분명 나와 잘 맞을 거야.'라는 이른 판단을 내리기도 하고, '저 책은 뭘까? 서점에는 없던데. 독립 출판물인가? 어디서 구했는지 물어볼까?' 하며 고개를 갸웃거리기도 하겠지.

옆 사람들이 멋져 보여서 다음 날에는 나도, 그다음 날에는 너도, 그렇게 시간이 흘러서 많은 사람이 책을 들고 다니는 걸 좋아하게 된다면 어떨까? 처음에는 그냥 멋으로 들고 나갈 수도 있지만, 손에 들고 있다 보면 책을 펼치게 될 거 아니야. 버스를 기다리거나 커피를 기다릴 때, 휴대전화를 들여다보는 일처럼 책을 들춰보는 일도 자연스러워지면 좋겠다.

내가 책을 좋아하니까 해보는 상상이야. 계속 책 만드는 일을 해왔으니까. 어떨 때 보면 책이 더는 팔리지 않고, 휴대전화만 응시하는 사람들을 탓하는 모습을 보게 되거든. 만드는 사람들 입장에서는 서운한 일일 수도 있는데, 또 그게 책을 안 읽는 사람들을 탓할 일인가 싶어. 스마트폰은 너무 재미있는걸. 작고 가벼운데 많은 게 들어 있잖아. 책은 무겁고 거추장스럽고. 그래서 그런 것에 지지 않는 책을 만들고 싶다는 생각을 하곤 해. 책은 멋진 것이라, 들고 있는 것만으로도 한 사람을 빛나게 하는 거라 생각하면 안심이 되기도 하고. 우리, 함께 유행의 선두 주자가 되어볼래? 우리로부터 그런 일이 시작된다면 근사할 것 같아.

Betreten
der Rasenfläche
verboten

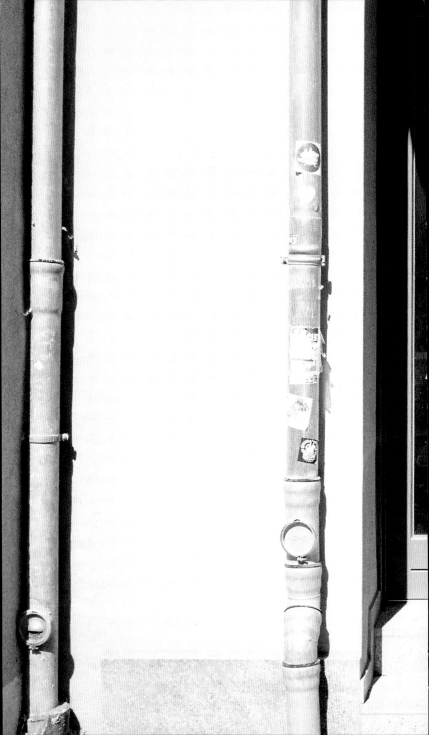

미노광

플리마켓에 갔다가 필름 카메라들을 봤어. 구경하며 내 필름 카메라를 만지작거리다가 문득 처음 필름을 감아본 날이 생각났지. 오빠는 기억할까? 거의 12년 전의 일이라 이제는 가물가물거릴 수도 있겠다. 처음 필름 감는 걸 알려줬던 사람이 오빠였어. 오빠가 만든 사진 동아리에 들어갔었고, 엄마에게 받은 카메라를 가지고 갔었지. 쉬는 시간이라 시간이 촉박했는데도 오빠는 조바심을 내지 않고 천천히 가르쳐줬어. 나는 놓칠까 봐 무지 집중했었지. 다 찍고 난 다음에 어떻게 필름을 감는지도 친절하게 설명해줬던 게 기억난다.

필름 끼우는 법과 감는 법을 배우고 바로 지리산 종주를 갔어. 무거운 40리터짜리 가방에 카메라를 쑤셔 넣었지. 보이는 것마다 열심히 찍었던 거 같아. 친구들과 틈이 벌어지기도 하고 뒤처지면 후다닥 뛰어서 올라가고, 어떨 땐 맨 앞으로 뛰어가서 뒤에 오는 친구들을 찍기도 했어. 산에 있는 나흘 동안 필름을 아홉 개 정도 썼을 거야. 집에 오자마자 동네 사진관에 필름을 들고 갔어. 어떤 사진이 나올까 기대하면서.

사진이 나오는 날, 사진관 문을 열고 들어가서 반갑게
인사했는데 아저씨가 안쓰러운 표정을 짓는 거야.
"학생 것, 미노광이야." 무슨 소린지 몰라서 미노광이
뭐냐고 물어봤어. 아무것도 안 나온 거라고 하더라고.
어떤 카메라로 찍었냐고 물어서 엄마가 물려준 거라고
하니, 수리를 맡기라고 했어. 지금 생각해보면 엄마
장롱에서 그렇게 오래 있던 카메라를 그냥 쓴 게 바보
같았지. 그 카메라를 들고 들떠 있던 한 달이 떠올랐어.
엄마가 카메라를 건네줄 때, 그걸 들고 오빠를
찾아갔을 때, 몇 번씩 필름 거는 연습을 할 때, 첫 필름을
감아 꺼낼 때, 셔터를 누를 때, 나흘간 찍은 필름을 들고
사진관으로 향할 때…. 아무리 빛에 비춰보아도
필름에는 아무것도 남아 있지 않더라고.

아쉬움이 잦아들 무렵, 친구가 봉투를 하나 내밀더라.
그 안에는 그 친구가 일회용 카메라로 지리산에서
찍은 사진이 들어 있었어. 왜 내게 이걸 주느냐고 묻지
않았고, 그도 이유를 말해주지 않았지. 여전히
왜였는지는 모르겠지만, 친구는 그걸 주고 얼마 후에
미국에 이민을 갔어. 가끔 걔가 준 사진 뭉치를 꺼내보며
'지리산이 이런 곳이었구나.' 생각해. 내가 뭘 찍었을까
궁금하기도 한데, 어쩌면 미노광으로 남아 다행일지도
모르겠다는 생각이 드네.

볼 수 없던 장면

혹시 우리가 앉아 있던 테이블 건너편의 아주머니
기억나? 진분홍색 셔츠를 입고 있었거든. 지금 내가
앉아 있는 자리에선 비슷한 색의 꽃과 화분이 보여.
그 아래 아주머니가 앉아 있었지.

몇 번이나 그쪽을 보며 사진을 찍고 싶다고 생각했었어.
이 여행이 끝나고 우리가 각자의 자리로 돌아갔을 때,
그 풍경을 보내주고 싶었거든. 망설이는 틈에 그녀는
떠났네. 다른 여자가 앉아 있었는데 더는 기억하고
싶었던 장면이 아니야. 대신 여기에 그 순간을 적어둔다.

오늘은 베를린에 머무는 마지막 날이야. 두 달간
함께 살았네. 이 편지를 보게 될 때, 내가 설명한
아주머니의 뒷모습을 떠올릴 수 있을까? 그런 모습이
우리 곁에 있었어.

네가 방금 우리 뒤편의 빨래가 널린 풍경이 이탈리아
남부 같다고 말했거든. 말해주기 전까지 나는 볼 수 없던
장면이네. 이제 아주머니의 뒷모습은 잊고 자꾸 고개를
들어 뒤쪽 빨래와 그 앞에 앉아 있는 사람들을 보게 된다.

있을 때 잘해

이른 아침 비행기였어. 타는 사람이 얼마 없었지.
승객들은 서로 간격을 두고 앉아서 마치 아무도 없는
비행기 같았어. 좌석을 확인하지 않고 아무 창가 자리에
앉았어. 앉자마자 졸음이 쏟아지더라고. 비행기를
못 탈까 봐 밤을 새웠었거든. 창에 기대서 꾸벅꾸벅
졸기 시작했지. 인기척이 나서 잠시 깼는데 내 옆자리에
어떤 남자가 앉는 거야. 파란 눈이었나. 초록색 눈이었나.
정확히 모르겠지만 아름다운 눈이었다는 것만 어렴풋이
기억나. 눈이 마주쳤고 그가 웃으며 인사를 했어.
웃는 게 너무 귀여운 거 있지. 나도 인사를 했고
몇 마디를 나눴어. 남자는 계속말을 하고 싶은 눈치였어.
〈비포 선라이즈〉를 늘 꿈꿔왔는데 그런 일이 일어나는
순간이었지. 가만 생각해보니 텅 빈 비행기에서 굳이
내 옆에 앉을 이유가 뭐야? 이건 신이 준 기회다, 하며
마음속으로 '야호!'를 외쳤지. 그런데 어떻게 되었는지
알아? 그런 생각을 하다가 그대로 잠이 들었어. 비행기가
뜨는지 몰랐고 떨어지는지도 몰랐어. 승무원이 와서
나를 깨웠고 침을 흘리며 일어났지. 망한 거야.

'언젠가 또 이런 일이 생기면 그땐 자지 말아야지.'
했는데 그런 일은 또 생기지 않더라고. 비행기를
좋아해서 탈 때마다 적어두거든. 새어보니까 지금까지
73번을 탔더라고. 그동안 그런 일은 딱 한 번 있었어.
100번째쯤 되면 또 생길 수 있을까? 지금은 베를린에서
바르셀로나로 가는 비행기 안이야. 내 옆에는 무척
시끄러운 10대 소년 셋이 있고 뒤에서는 꼬마가 계속
의자를 발로 차. 자리에 앉으려고 할 때, 어떤 남자가
18번을 17번으로 잘못 보고 내 자리에 앉아 있었거든.
내 자리라고 말하자 일어나려고 하길래 '그냥 내가
네 자리에 앉을게.'라고 하려고 했는데 타이밍을 놓쳤어.
남자의 원래 자리는 비상구 자리라 좌석도 넓고 옆엔
조용하고 몸집이 작은 할머니가 앉았었지. 뒤엔 얌전한
내가 있고 말이야. 그러니까, '아까 그냥 저 자리에
앉겠다고 말할걸!' 해봤자 지금은 아무 소용이
없다는 거지. 그런 일들이 가끔 생긴다.

이런 생각을 하며 무표정하게 앉아 있다가 올봄에 네가 우리 집에 왔던 게 생각났어. 내가 엄마한테 짜증을 부렸었지. 자기 전에 너는 나한테 말했어. "야, 있을 때 잘해." 내가 대답을 했나? 안 했던 거 같아. 우리의 남은 생에 얼마나 더 아쉬운 일들이 생길까. 그런 생각을 하며 비행기가 빨리 착륙하길 바라고 있어.

자전거를 탄 우리들

처음 언니 자전거 뒤에 탔던 날이 기억나요. 아르바이트 끝나고 집에 가려고 하는데 저를 불렀죠. "선아 씨, 자전거로 태워다줄게요!" 언니네 집은 반대 방향이고, 자전거 뒤에 타는 제 모습도 상상이 안 되어서 주저했었어요. 그때 언니는 제게 고민할 틈도 주지 않고 자전거에 앉더니 "얼른 타요!"라고 재촉했어요. 좁은 뒷좌석에 앉아 허리를 꼭 붙잡았죠. 우리 집으로 가는 길에는 긴 언덕이 있었는데, 언니는 거기에서 갑자기 소리를 지르더라고요. "와!" 하면서 거의 핸들을 놓았었죠. 너무 무서워서 언니의 허리춤을 꽉 붙잡았는데 언덕을 내려갈 때, 바람이 몸을 빠르게 스쳐 지나가는 걸 느꼈어요. 눈을 질끈 감고 있다가 조금씩 뜨면서 저도 따라 웃게 되었죠.

그 뒤에도 늘 그런 식이었던 것 같아요. "선아 씨, 같이 자전거 타고 학교 갈래요?" "선아 씨, 죽이는 시장 있는데 같이 가자." "선아 씨, 핼러윈이라 클럽 갈 건데 나와요!" 나는 언니의 신나는 목소리를 거절한 적이 없어요. 언젠가부터 언니에게 오는 연락을 기다리고, 만나면 늘 즐거웠죠. 예측 불가능한 즐거움에 큰 소리로 웃고 떠들 수 있었어요. 혼자 있으면 하지 않았을 일들을

자연스럽게 할 수 있었고요. 갑자기 거리에서 춤을
추거나 노래를 부르고, 비를 맞고 서울 한복판을
걷는다거나 하는 엉뚱한 일들. 홀로 있었으면 주저하다가
놓쳐버렸을 일을 언니는 냉큼 붙잡아 제게 줬어요.
그걸 슬쩍 잡으면 "선아가 잡았다!" 하며 손뼉을
쳐주는 식이었죠. 그런 언니가 바르셀로나로 떠나서
얼마나 아쉬웠는지 몰라요. 그래도 또 이렇게
바르셀로나에서 만나다니, 좋네요.

언니가 부엌에서 요리하고 있을 때, 저는 발코니에서
밖을 구경했거든요. 그러다 옆집 할머니를 봤어요.
집들이 워낙 다닥다닥 붙어 있으니까 손을 뻗으면
어깨를 툭 칠 수 있을 것 같은 가까운 거리였죠. 눈이
마주치면 인사를 하려고 기다리고 있는데 할머니가
반대편만 계속 보고 있는 거예요. 무엇을 보나, 할머니의
시선을 따라가 보니 저 멀리서 꼬마와 엄마, 아빠가
걸어오고 있었어요. 그들이 거리를 걸어 제 앞을
지나갈 즈음엔 천천히 고개가 제 쪽으로 돌았어요.
할머니는 미소를 짓고 있었죠.

바로 옆에 있었는데도 저는 아는 체를 하지 못했어요.
망설이는 틈에 할머니는 집 안으로 들어가더라고요.
인사할 타이밍을 놓쳤고 아쉬워하며 집으로 들어왔어요.
그 틈에 언니는 토마토 마리네이드를 만들었더라고요.
그걸 먹으면서 '언니가 옆에 있었다면, 할머니와 반갑게
인사하고 이야기도 나눴겠지.' 생각했어요.

맞다. 언니, 우리 오늘 오후에 태닝했잖아요. 원피스를
벗고 언니가 준 태닝 크림을 바르고 백사장에 눕기까지
용기가 필요했어요. 매번 안 태우려고 꽁꽁 싸매고
있었거든요. 언니 덕분에 처음으로 태닝 크림을 바르고
살을 태워봤네요. 매 순간을 용기 내며 살 수는 없는데,
용감한 누군가가 곁에 있는 것만으로도 조금은
용기 있는 사람이 될 때가 있는 것 같아요. 10년 전에
자전거를 타고 언덕을 내려가던 날부터 지금까지,
언니 옆에서는 저도 조금 용감해질 수 있었어요.

우리의 언어

아일랜드에서 우리는 매일 "See you tomorrow." 하며
헤어졌잖아. 같이 술을 마시다가, 저녁을 먹다가 내일
보자고 말하며 각자의 집으로 갔지. 아일랜드를 떠날 때,
내가 한 인사를 기억할까? "See you again, someday!"라고
외쳤었어. 누군가 "Someday!"라고 반복해서 외치며
웃었던 게 기억난다. 나는 사실 그 인사가 마지막일 줄
알았어. 너무 많은 국적의 친구들이 모여 있었고,
다시는 볼 일이 없을 거라고 생각했거든.
그런데 웬걸, 우리는 그 뒤로 네 번이나 더 봤네.
에든버러에서, 도쿄에서, 서울에서, 암스테르담에서.

우리 도쿄에서 만났을 때, 담배 가게 할머니 얘기를
해줬나? 함께 갔던 친구가 숙소 근처의 작은 담배
가게에서 매일 담배를 샀거든. 창문을 똑똑 두드리면
귀여운 할머니가 나왔어. 그녀는 영어를 할 줄 몰랐고
우리는 일본어를 못했지. 손짓과 발짓으로 이야기를
나눴어. 어디에서 왔냐고 묻기에 한국에서 왔다고 하니,
잠시 기다리라며 안에서 어떤 사진을 갖고 나왔어.

배용준이었나. 아무튼, 어느 남자 배우의 사진을
우리에게 보여주며 웃었어. 한참 그 앞에서 할머니와
눈빛이나 몸짓으로 이야기를 나누었어. 인사를 나누고
집 쪽으로 향한 지 5분쯤 되었을까. 뒤에서 누가 툭툭
치는 거야. 돌아보니 그 할머니가 있었어. 일본 과자를
건네주면서 숨을 헉헉거렸지. 그걸 주려고 우리를 쫓아
뛰어왔었나 봐. 다음 날, 우리는 한국 라면을 갖다 줬고
할머니는 김을 선물했어. 그다음 날에도 비슷한 일들이
생기고. 거기 머무는 며칠 동안 매일 저녁, 할머니를
보는 게 여행의 낙이 되었었지. 할머니가 주소를 물어서
한국의 집 주소를 적어줬는데, 얼마 후에 편지가 왔고
그 뒤로 한 번 더 서울에서 할머니를 만날 수 있었어.

우리 암스테르담에서 만났을 때, 네가 많이 울었지.
네 자전거를 타고 나갔다가 넘어져서 내 앞니가
다 부러졌었잖아. 응급실로 뛰어들어오던 네 얼굴과
공항에서 울던 모습이 기억나. 나는 괜찮다고 웃고,
너는 미안하다고 울고. 우리는 국적도 다르고 언어도

다른데, 어떻게 서로를 위해 웃고 울게 되었을까?
왜 서로를 만나려고 비행기를 탈까? 신기한 일이지.

우리 집 고양이는 내가 외박을 하면 내 침대에 똥을 싸.
왜일까 고민을 해보는데 매번 알 것 같다가 또 모르겠어.
언어가 통해야만 말을 할 수 있을까? 나는 우리가
영어로 대화하는 순간이 좋아. 몇 안 되는 단어로 아주
단순한 대화를 하게 되잖아. 우리, 언젠가 또 만나겠지?

발코니가 있는 삶

어릴 적에 망원경으로 남의 집을 본 적이 있어. 그때도
그게 잘못된 일이라는 걸 알긴 알았는지 엄마 아빠가
잠들면 몰래 발코니로 나갔어. 소리가 나지 않게 조심스레
창문을 열고 고개를 내밀었지. 아파트에 살았기에 훔쳐볼
집이 많았어. 늦은 새벽에 불 켜진 몇몇 집을 망원경으로
들여다봤어. 기억에 남는 장면이 몇 있는데 그건 혼자
알고 있을래. (말하면 죄책감이 들 것 같아.) 그 시절
고약한 버릇이 남았는지 여전히 남의 집을 궁금해하는 게
재미있다. 이제 망원경을 들지는 않지만, 발코니를 보며
그 안에 사는 사람들을 상상하곤 해.

바르셀로나에는 대부분의 집에 발코니가 있어.
툭 튀어나와 있지. 자꾸 거기를 보게 돼. 집주인들도
그걸 아는지 발코니를 자신의 취향대로 잘 꾸려놓아.

어딘가는 화려하고, 또 어딘가는 단정하고, 어딘가는
무심하지. 꼭 누구에게 보여주고 싶어서는 아니겠지만,
자신만 보려고 하는 일도 아닐 거야. 그런 걸 보다 보면
시간이 훌쩍 흘러간다. 그러다 문득 네가 발코니를 갖고
있으면 거기에 자주 놀러 갈 것 같다는 생각이 들었어.

내게도 발코니가 있으면 좋겠다. 금속제 창틀이 달린
온실 같은 것 말고, 문을 열고 나가면 바깥 공기를 쐴 수
있는 부류 있잖아. 산책을 나서긴 싫고 바람은 맡고 싶을
때, 잠시 맨발로 나가 의자에 앉아 밖을 느낄 수 있는 곳.
좋아하는 것들을 놓아두고 누군가는 밖에서 집 안의 나를
상상할 수도 있도록 열어두는 그런 발코니를 갖고 싶어.
밖으로 향하는 발코니가 있는 삶은 어떤 모양일까?

P.S.

여행을 하고 돌아와서 이 편지에 이야기를 덧붙여.
집에 오니 고양이의 스크래처가 다 닳아 있더라.
고양이를 싫어하던 아빠는 세 달 동안 그 낯선 동물이
무엇을 하나 관찰했나 봐. "모찌는 가만 보니 불만이
있으면 달려가서 그걸 긁는 거 같더라고." 갑자기
그런 생각이 든다. 베란다가 있는 삶, 욕조가 있는 삶,
스크래처가 있는 삶…. 우리는 매번 집으로 돌아올 테고,
집에는 우리를 살게 하는 어떤 도구가 필요할지도 몰라.

우리가 함께 먹은 카레

오랜만의 편지네. 나는 바르셀로나에 있어. 친구와
내리 일주일을 걸었지. 오늘은 그녀가 일을 나갔고 나는
뭘 할까 궁리하다가 대청소를 했어. 집에 먼지가 많이
쌓여 있었거든. 처음에는 가벼운 마음으로 시작했는데,
하다 보니 하루가 다 흘러갔더라. 부엌의 창문, 냉장고,
선반, 밥솥, 오븐을 다 들어내서 닦았어. 화장실과 거실도
청소했지. 소파 커버나 이불 같은 것을 빨다 보니
세탁기를 세 번이나 돌려야 했어. 지금 바르셀로나는
덥거든. 땀이 나면 누워서 땀을 식히다가 좀 괜찮아지면
또 일어나서 청소를 했어. 낮 11시쯤 시작했는데 끝나니
저녁 7시더라고. 내내 생각했던 것은 친구가 집에
돌아와서 행복해하는 모습이었어. 잠깐 쉬다가 잠이
들 뻔했는데, 벌떡 일어나서 양파를 까기 시작했어.
카레를 만들기 위해서. 알지? (누구든 잘 할 수 있는
음식이자) 내가 가장 잘하는 음식, 카레. 한국에서
필요한 것 없느냐고 친구에게 물었을 때 "선아 씨가
해준 카레가 먹고 싶어요!"라고 했었거든.

양파를 까다가 처음 이 카레를 만들었던 때를 떠올려봤어.
아마 2009년이었을 거야. 어느 카페에서 에비카레를
먹고 그 맛을 흉내 낸다고 카레를 만들어보기 시작했지.
우유, 생크림, 두유를 넣어보기도 하고. 채소를 갈아
넣기도 하고 크게도 썰어보고. 수많은 실험 끝에 비슷한
맛의 비율을 찾아내고 기뻐했었지. 누가 가장 많이
먹었을까, 생각해보니 그건 너인 거 같아. 실험을 한다고
이상하게 만들어질 때도 있었는데, 매번 맛있게
먹어줘서 고마워.

양파 캐러멜라이즈를 하는 동안 마늘을 튀겼어.
예전에는 마늘을 많이 태웠던 것 같아. 참을성이 없어서
센 불에서 빠르게 하려다가 매번 태우곤 했지. 오빠 너는
탄 마늘도 맛있다고 잘 먹어줬던 게 생각나네. 이제는
인내심이 생겼는지 약한 불에 맞춰두고 천천히 마늘을
구워. 양파도 그렇게 볶고. 그러고 보니 재료를 손질하는
마음도 조금 달라진 것 같다. 언젠가는 카레를 먹는 것이

목적이라 빠르게 감자를 깎고 당근을 썰다가 손을 베이곤
했는데, 이제는 채소를 손질하는 과정이 가장 좋아.
그러고 보면 처음 이 카레를 만들 때와 지금의 내가
조금은 다른 것 같기도 하다. 우리가 함께 나눠 먹은
카레는 몇 그릇이나 될까? 그 카레를 앞에 두고 나눈
이야기는 얼마나 많을지. 그런 것을 생각하다 보면
뱃속 어딘가가 따뜻해져.

친구는 카레를 배불리 먹고 잠이 들었고, 나는 이제야
방에 누워 네게 편지를 썼다. 정말 오랜만의 편지였네.
나란히 앉아 함께 카레를 먹어주어 정말 고마워.

똑똑한 전화기를 좋아하지만

우리 아일랜드에서 살 때, 다들 하나같이 휴대전화 소매치기를 당했잖아. 시기만 달랐을 뿐 끝에 가선 거의 다 스마트폰을 갖고 있지 않았지. 어쩜 그렇게 요리조리 잘도 훔쳐가는지. 가난했던 우리는 스마트폰을 다시 살 엄두는 내지 못했고, 다 같이 전화랑 문자만 되는 휴대폰을 3만 원 주고 샀었어. 중학교 때 쓰던 휴대전화도 그것보다는 좋았던 거 같은데, 그런 고물 전화기로 한 해를 잘 보냈지. 엎어지면 코 닿는 동네에 살면서 "언니네 집 앞이야 나와." 전화 오면 나가고. 영어밖에 안 써지는 휴대폰이니까 'bbal ri wa.'라고 문자 보내고. 'where r u?' 하면 'gym'이라고 간단히 쓰면 될 것을 'health jang' 이런 식으로 보내놓고 뒤늦게 웃던 것도 생각난다.

그 시절로부터 벌써 5년이 지났다. 나는 지금 베를린에서 바르셀로나로 넘어와 있어. 가는 곳마다 만나는 사람마다 다들 비싸지도 않은데 왜 유심칩을 안 사느냐고 물어. 돈 때문이 아니라, 어쩐지 스마트폰에서 조금이라도 멀어지고 싶었어. 여행하는 동안만이라도.

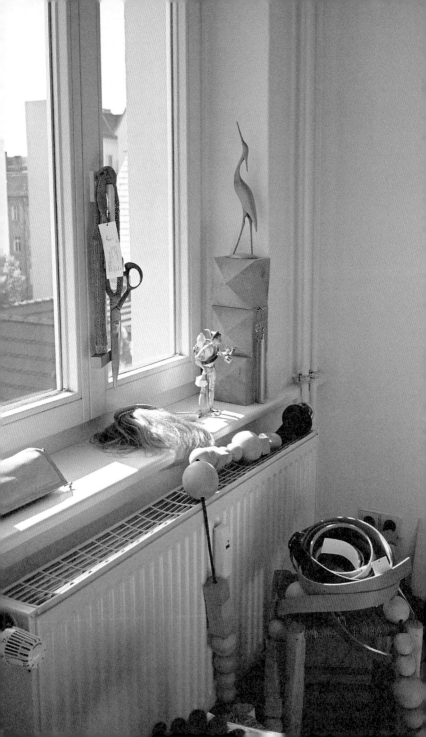

나 내 아이폰을 너무 좋아해. 이걸로 할 수 있는 게
많거든. 그런데 얘 때문에 멀어진, 사랑하는 것들도 많아.
수첩에 쓰는 일기, 엽서에 쓰는 편지, 묵직한 책 한 권을
읽어내거나 모르는 곳에서 길을 잃거나. 뭐 그런 거
있잖아. 와이파이가 될 때는 부지런히 아이폰을
꺼내지만 안 될 때는 다른 일을 찾고 싶어서 유심칩은
사지 않기로 했어. 가만 생각해보면 5년 전에 스마트폰
없이 그 많은 도시를 어떻게 걸었을까? 우리, 도대체
스마트폰 없이 어떻게 여행했을까? 구글맵 없이 어떻게
찾아갔지? 유심칩은 안 샀지만 구글맵은 꼭 켜고
다니거든. 덕분에 가고 싶은 곳은 어디든 자신 있게
걸어갈 수 있어.

똑똑한 전화기가 있어서 정말 고맙지.
가끔 배터리가 나가 길을 잃으면 그건 또 그것 나름대로
재미있지만 말야.

옥상에 맡겨둔 유년

어릴 때 이사를 많이 다녔거든. 이사할 때마다 동네에
친구가 있었으면 했어. 12살에 아파트로 이사왔을 때,
4층에 같은 나이의 여자아이가 산다는 걸 알고
퍽 기뻤지. 너희 아빠가 엘리베이터에서 나이를 묻고
"우리 ㅈ이와 동갑이네. 친하게 지내라. 놀러 와!" 하셔서
알게 되었어. ㅈ이는 어떤 친구일까 궁금했는데 학교에서
보니 너무 무섭게 생긴 애라 잔뜩 쫄았던 기억도 난다.

어떻게 친해졌는지는 잘 모르겠지만, 중학교를 다른 곳에
갔음에도 우린 줄곧 붙어 다녔던 거 같아. 한가하고
심심할 때는 자연스레 너희 집에 가거나 너를 불렀지.
방이 좀 답답하면 아파트 옆 벤치에 나란히 앉기도 하고,
가끔 옥상에 올라갔던 거 기억나? 우리 집이 맨 꼭대기
층이라 보조키가 우리 집에 있었잖아. 열쇠를 따고
옥상에 올라가서 별것도 아닌 일을 했던 거 같아.

(우리 엄마들이 보지 않길 바라며) 거기서 몰래 담배를 피워보기도 했고, 별똥별을 본다고 기다리기도 했고, 삼겹살도 구워 먹었지. 유성이 떨어진다고 해서 돗자리 펴고 누워 있던 적 있었잖아. 우리 그때 결국 별똥별을 보지 못했던 거 맞지? 봤더라면 더 정확하게 기억했을 텐데, 이렇게 기억이 흐릿한 걸 보면 아마 보지 못했을 거야. 옥상에서는 우리의 세계가 한눈에 보였어. 학교, 놀이터, 노래방, 공원, 편의점, 오락실 같은 곳들. 거기서는 다 볼 수 있었지. 그땐 옥상에서 보이는 풍경이 우리가 아는 세계의 전부였고, 우리는 늘 더 멀리 가고 싶어 했던 것 같아. 놀이동산에 가거나 멀리 서울에 가면 떨려 하고 그랬잖아. 이상하게 지금은 그 시간을 떠올리는 일이 어디론가 향하는 일보다 더 떨리네.

지금은 바르셀로나의 한 해변에 앉아 있어. 태어난 지
얼마 안 된 아기를 품에 안은 한 아빠와 대화를 나눈 뒤야.
"이 친구의 첫 여름, 첫 바다야."라며 환하게 웃었는데
그게 왜 그렇게 눈부셨는지 몰라. 아기는 오늘을
기억할까? 기억하지 못하더라도 있어야만 하는 일들이
있는 것 같아. 엄마는 어린 시절 어딘가에 데려간 얘기를
하며 "기억도 못 할 것을 왜 그렇게 열심히 데리고
다녔나 몰라." 말하곤 하는데, 나는 어딘가에 그 시간이
새겨져 있을 거라 믿어. 그 아이의 유년에도 오늘의
바다가 남겠지. 유년의 기억이 있고, 그 시간을
함께 나눌 사람들이 있다는 게 커다란 선물처럼
느껴지는 날이다.

눈에 보이는 슬픔

제가 여행을 떠나기 며칠 전에 ㅎ가 우리 집에 왔잖아요.
그때 현관에서 배웅하며 껴안은 ㅎ가 너무 말라서
무서웠어요. 제가 집을 비운 동안 하늘나라로 가시면
어떡하지. 그런 생각을 했어요. 죄송해요. 이렇게 편지를
쓰는 지금도 사실 무서워요.

제가 어렸을 때의 어느 날이 기억나요. 말을 제법 할 줄
알았던 걸 보면 유치원생이거나 초등학교 저학년이었을
거예요. ㅎ를 유심히 보다가 엄마에게 "엄마, ㅎ는 왜
나를 안 보고 얘기하셔?"라고 물었어요. 엄마는 ㅎ는
눈이 안 보이신다고 했어요. 꼬치꼬치 물었고 그 후로도
엄마에게 언제부터 눈이 안 보이셨나, 정말 아무것도
안 보이실까, 병원에선 못 고친다고 하더냐. 이런 걸
때마다 물었던 것 같아요. 엄마 마음이 아플 건 생각하지
않고 제 궁금증만 해결하려고 했죠. 엄마는 ㅎ의 눈
이야기를 덤덤하게 하는 편이었어요. 제가 묻지 않는
이상 먼저 꺼내는 일은 드물었고요.

저는 지금 한국에서 비행기를 타고 몇 시간을 보내야만
올 수 있는 나라에 있어요. 이곳에서 안내견을 한 마리
봤는데, 학창 시절에 돌본 안내견이 생각났어요. 안내견
학교에서 강아지를 받아 1년간 훈련했던 적이 있거든요.
'퍼피 워킹'이라고 불리는 일이었어요. 커서 안내견이
될 개는 생후 3개월이 지나면 일반 가정에 보내져요.
1년 동안 가정집의 일상을 경험하고 안내견 학교에
입학해 훈련을 받게 되죠. 언젠가 엄마가 "안내견
키워볼래?"라고 물었어요. 강아지를 너무 좋아했으니
당연히 좋다고 했고 그렇게 안내견이 될 강아지를
돌봤죠. 대학 때는 점자도서관에서 꽤 오래 봉사활동을
했어요. 한 권의 책을 타자기로 쳐서 옮기는 작업을 했죠.
그렇게 옮겨진 책은 점자도서로 만들어져요. 왜 엄마가
안내견을 찾았는지, 제가 점자도서관에서 봉사활동을
하게 되었는지, 우리 중 누구도 왜 우리가 그걸
선택했는지에 대해 말한 적은 없어요.

서울에서 경복궁역 근처를 걷다가 세 번 정도 마주친 여자가 있어요. 그녀는 매번 안내견과 함께 길을 걸어가요. 왜 세 번이나 마주친 건지 모르겠는데, 제가 그 역을 지날 때마다 거기에 있었어요.

처음 봤을 때는 길을 비켜주는 정도였는데, 세 번째는 멀리서 그들이 보이길래 길 귀퉁이에 쭈그리고 앉았어요. 안내견을 보기 위해서요. 개는 눈을 부릅뜨고 주변을 두리번거리느라 정신이 없었어요. 저와 눈이 마주쳤지만, 잠시뿐이었죠. 개와 여자가 지나가고도 한참 일어나지 못하고 그 자리에 앉아 있었어요.

아빠가 병원에 실려가는 것을 본 다음부터는 구급차 소리만 들어도 가슴이 뛰어요. 마음이 무거운 날에는 청승맞게 그 자리에서 울기도 하죠. 거리에서 어딘지 모르게 멍한 사람을 보면 무서웠는데, 이제는 그 안에서 아빠가 보이고, 눈이 먼 사람에게서는 온통 ㅎ가 보여요. 그들이 저를 필요로 할까, 잠시 기다려보기도 하고요.

엄마가 20대 때, ㅎ 눈이 갑자기 안 보이게 되었다고
들었어요. 제가 20대 때, 아빠 뇌가 갑자기 망가졌죠.
처음에는 누구라도 원망하고 싶었어요. 왜 내게
이런 슬픔이 왔을까? 왜 하필 나일까? 그런데 시간이
흐르며 그런 건 제게만 오는 일이 아니라는 것을 알게
되더라고요. 언젠가 "가장 감사하는 일이 무엇이냐?"는
질문을 받은 적이 있는데, 저는 "슬픔을 알게 된 것"이라고
답했어요. 그때부터 주변을 두리번거리게 된 것 같아요.
그렇게 여기저기 살피다 보면, 세상의 수많은 슬픔 중
어떤 것은 제 눈에 보이기도 하고요. 가끔 나와 상관없는
슬픔에도 울 수 있는 어른이 되어가고 있어요.
아마 엄마도 그랬을 거예요. 엄마는 제가 자라오며 봤던
누구보다 남의 아픔을 지나치지 못하는 사람이었거든요.

할머니, 이 편지를 읽으실 수 있을까요? 저는 쑥스러워서
못 읽을 것 같아요. 엄마에게 부탁해서 꼭 읽어드리라고
할게요. 그때까지 건강하셔야 해요.

잘 먹겠습니다

요리를 준비하는 뒷모습을 보며 편지를 씁니다. 짧은
시간이었지만, 차려준 식탁 앞에 앉는 일이 익숙해졌어요.
요리를 시작하기 전, 식탁 위에 그릇을 정돈해두고
그 위에 완성된 음식을 올리는 습관을 매일 지켜볼 수
있어 즐거웠어요. 단정하다고 해야 할까. 그릇의 모양에
어울리는 음식들을 조심스레 담아내는 모습을 지켜보며
여러 생각을 했습니다.

"새벽 버스 정류장 의자에 달팽이가 있길래 가까운
풀숲으로 옮겨줬다. 버스를 타고 가다가, 달팽이가
의자에 올라오고 싶어서 한참을 기어온 거면 어쩌지.
좀 이상한 걱정을 했다." 우리가 모르는 사이였을 때
읽은 ㅅ의 글이에요. 이 짧은 일기를 읽고 반했습니다.
그때 친구가 될 수 있을 줄 몰랐는데, 이렇게 파리에서
만나 몇 주간 음식을 나눠 먹고 있네요. 저 글을
읽은 뒤로는 달팽이만 보면 어디로 향하고 있을지가
궁금해져요. 아마 앞으로도 그렇겠죠. 작고 느려서 잘
보이지 않는 것들. 그런 것들이 어딘가로 향하는 모습을
지켜보는 일과 그들의 생을 생각하는 시간이, 그런 것을
들여다보는 사람이 얼마나 있을지 모르겠습니다.

그런 사람이 차려준 음식 앞에서 종종 기억 속의
식탁들을 떠올리곤 했어요. 어릴 적에 떠난 가족
여행에서 아빠가 된장찌개를 끓여준 이야기 생각나요?
서툴게 감자와 양파를 까서 엉성하게 끓인 찌개였는데
그게 왜 그렇게 맛있었는지 몰라요. 친척 언니들과
수영장에 놀러 갔다가 처음으로 먹어본 컵라면도
그렇고요. 오늘 먹게 될 해장 짬뽕도 그렇겠죠.
다신 먹을 수 없을 거고, 이 식탁 앞에서 본 것들을 아마
오래 기억하게 될 것 같아요. 이걸 쓰는 틈에 식탁이
다 차려졌네요. 비어 있던 그릇에 음식이 가득 찼어요.
잘 먹겠습니다.

다 어디로 갔을까

우연히 ㅊ 씨가 쓴 짤막한 글을 봤어요. "어떤 경로로
왔는지 모르겠지만 집 화장실을 기어 다니던 민달팽이,
늘 홍제천을 떠다니던 흰 오리, 태어난 지 얼마 안 된
집 앞의 새끼 길고양이. 다 어디로 갔을까?"
버려진 냉장고 사진과 함께 있는 글이었죠. 베를린에서
ㅊ 씨를 만난 뒤로 파리에서 어떤 친구를 만났거든요.
그 친구도 달팽이에 대한 짧은 이야기를 썼어요.
달팽이를 길에서 안전한 곳으로 옮겨줬는데,
문득 '얘가 열심히 거기까지 온 거였다면 어떡하지.'
걱정이 되었다는 이야기였죠.

며칠 전에 개 한 마리를 봤어요. 혼자 거리를 분주하게
돌아다니더라고요. 길 잃은 개인 줄 알고 저도 같이
안절부절못하고 있는데, 옆의 여자가 주인 있는 개라며
걱정하지 말라고 했어요. 안심하고 가던 길을 가는데,
이번에는 고양이를 찾는 벽보를 붙이는 사람을 봤어요.
뒤에 서서 고양이 사진을 뚫어지게 봤습니다. 그녀가
뒤를 돌았고 눈이 마주쳤어요. "혹시 이 고양이 본 적
있어?" 아직 못 봤지만 만나게 되면 꼭 연락하겠다고
했어요. 벽보를 붙이던 여자의 눈에 눈물이 고였고,
그 순간 울 것 같은 기분이 되어 눈을 피했습니다.

고양이는 어디로 갔을까요. 집으로 돌아오고 싶을까요?
아니면 밖이 좋아 주인이 자신을 찾지 않길 바라고
있을까요? 돌아오고 싶은데 돌아오는 길을 모르는 건
아닐까요? 여자가 한 블록씩 멀어지고 저는 그 고양이의
사진을 조금 더 보다가 다시 가던 길을 갔습니다.

그 후로 사진 속 고양이를 만나는 상상을 자꾸 하고
있어요. 도망갈 수도 있으니까 일단 만나면 눈인사를
해야지. 어떤 자세로 해야 할까. 집에 가고 싶냐고
물어보고 싶은데, 그럴 수도 없고. 나는 전화기가 없는데
주인에게 어떻게 연락하지. 잘 안기는 고양이일까.
발견하면 뭐부터 해야 하지. 그런 생각을 틈이 날 때마다
하고 있습니다. 아무래도 좋으니 그 고양이를 만나보고
싶어요. 고양이는 어디로 갔을까요?

기다림에 대하여

언젠가 엄마와 아침을 먹다가 영화 〈접속〉에 대한 얘길 나눈 적이 있어. 주인공은 한 노래를 듣기 위해 음반 가게를 돌아다녀. 영화의 배경은 90년대고 엘피가 시디로 바뀌던 시기였지. 애타게 엘피를 찾아다니는 걸 보니 80년대도 궁금하더라고. 엄마 젊을 때, 듣고 싶은 음악을 어떻게 들었느냐고 물었어. "음악 감상실, 다방, 음반 가게 같은 곳에 가면 들을 수 있었지. 라디오에 사연을 보내기도 했고. 어릴 때, 전축도 부잣집에나 있었거든. 음악뿐이니? 휴대전화가 없으니까 사람 만날 땐 어땠겠어. 만나기로 약속을 잡으려면 찾아가거나 편지를 써야 하고, 약속했어도 늦으면 왜 안 오는지 알 수가 없으니까 그땐 뭘 하든 기다리며 보낸 시간이 많았지."

나 18살 때부터 『어린 왕자』라는 책을 좋아했어. 어떻게 좋아하게 되었는지는 기억나지 않지만, 새 친구를 사귈 때, 오랜 친구를 보지 못할 때, 누군가와의 관계에서 어쩔 줄 모를 때 읽곤 했어. 수십 번을 읽었지만 여우의 말을 이해하지 못했어. "우린 우리가 길들이는 것만을 알 수 있는 거란다. (…) 이를테면, 네가 오후 네 시에 온다면 난 세 시부터 행복해지기 시작할 거야.

시간이 갈수록 난 점점 더 행복해지겠지. 네 시에는
흥분해서 안절부절못할 거야. 그래서 행복이 얼마나
값진 것인가 알게 되겠지! 아무 때나 오면 몇 시에
마음을 곱게 단장해야 하는지 모르잖아. 의식이
필요하거든." 서로를 길들이려면 왜 같은 시각에 와야
하는지, 어째서 마음을 곱게 단장해야만 하는지.
의식은 또 뭔지. 아무 때나 불쑥 찾아가도 되는 거잖아.
보고 싶은 친구면 언제와도 반갑지 않을까?
마음은커녕 얼굴 단장할 틈 없이 민얼굴로 만나도
좋을 것 같은데….

엄마 얘기를 듣다가 힌트를 얻어서 이런 상상을 해봤어.
전화가 없는 오늘을 그려보는 거야. 오늘은 월요일이고
사무실에 출근했는데, 출근하자마자 좋아하는 사람이
보고 싶어. 그를 만나고 싶어 편지를 쓰겠지.
'이번 토요일에 만나고 싶은데 시간 괜찮아요? 토요일
1시에 보문역 4번 출구 앞에서 만나요.' 점심시간이 되면
우체국에 가서 편지를 부칠 거야. 거절하면 어떡하지,
주소는 제대로 썼나, 그런 생각을 하며 월요일, 화요일,
수요일을 보내야지. 목요일 즈음엔 집 앞 우체통을
수시로 확인할 거야. 몇 번씩 열어보고 손을 넣어

우체통 바닥도 쓸어보겠지. 그러다 손끝에 편지 한 통이
걸리면 얼마나 행복할까. 만나자는 답장의 기쁨도 잠시,
고민이 시작될 거야. 무슨 얘길 하지. 이번 주에 있었던
일 중에 가장 즐거웠던 걸 얘기해줘야지. 할 말을
고르고, 예쁜 옷을 고르고 골라, 약속 장소로 나갈 거야.
아, 쓰다 보니까 ○는 이미 알고 있는 얘기일지도
모르겠다.

요즘은 스마트폰이 있잖아. 아무리 바빠도 친구나
애인과 시시때때로 얘기할 수가 있어. '점심은 간단히
샌드위치 먹었어. 너는 뭐 먹었어?' '이거 봐봐.
이 영상 진짜 웃기다.' '이제 퇴근해. 저녁 같이 먹을까?'
이런 걸 매일, 몇 년을 반복했던 게 나의 20대야.
온종일 한 번도 연락하지 못하면 싸움의 원인이
되기도 하지. 우리 세대에겐 자연스럽고 익숙한 일이야.
이 안에만 있는 기다림도 있어. 데이트가 끝나면
잘 들어갔냐는 문자메시지를 기다린다거나 메시지
옆의 숫자 1이 지워지길 확인하는 일들. 떨리고 행복하지.
그렇지만 '이것보다 조금 더 기다리면 어떨까.'를
자꾸 상상하게 되더라고.

나는 지금 파리에 있어. 여행 중에 전시나 공연을
보면서도 기다림에 대한 상상을 이었던 적이 있어.
보고 싶으면 문자메시지를 보내듯 마음만 먹으면
컴퓨터로 찾아볼 수 있잖아. 귀찮음을 무릅쓰고 샤워를
하고 화장하고 옷을 입고 거리를 걷고 지하철을 타고
티켓을 사는 수고를 해야만 해. 번거로울 법도 한데
여전히 보고 싶은 것을 보기 위해 어딘가로 향하는
사람들이 있지. 〈접속〉의 여주인공과 엄마가 음악을
듣기 위해 어디론가 향했듯. 그런 게 여우가 말하는
일종의 '의식'이 아닐까. 이번 여름엔 보고 싶은 것이
있는 쪽으로 부지런히 걸어가는, 그러니까 뭔가를
기다리는 사람들에 대해 생각하곤 했어.

기다림이 행복한 일이라고 생각해? 어릴 땐, 기다리는 건
지루한 일이라고 생각했거든. 어른의 나이를 갖고 다시
생각해보니 기다리는 사람은 마냥 기다리고만 있는 건
아니더라고. 기다리려면 어떤 시간이 걸리고, 그 시간은
'여정'으로 남는 거 같아. 좋아하는 이에게 편지를
부친 사람은 평일 내내 자신의 일상을 보냈을 거야.
업무를 처리하고, 친구도 만나고, 밥도 먹었겠지.
공연장으로 향하는 사람도 마찬가지야. 공연을 보기 위해

집을 나섰지만, 가는 길에 근사한 노을을 발견했을지도
몰라. 공연은 잠시 잊고 멈춰서 노을을 구경했을 수도
있겠지. ㅇ도 그렇지? 나를 기다린다고 했지만, 종일
나만 기다리고 있진 않았잖아. 매일 아침엔 동네 뒷산을
올랐겠지. 산에서 내려오면서 점심은 뭘 먹을까
고민했을 거고, 저녁나절엔 강아지 하루와 산책하는 것도
거르지 않았을 거야. 그러면서 어느 시간이 되면 내가
무얼 하고 지내나, 언제쯤 오려나 궁금했겠지.

요즘은 애써 기다리는 시간을 만들곤 해. 그건 오늘 보고
싶은 ㅇ를 내일에서 기다리는 일이고, 검은 머리카락이
이마를 도톰히 덮은 ㅇ의 얼굴을 그리워하는 일이고,
지금 내가 걷고 있는 파리의 거리를 ㅇ와 걷고 싶다고
생각하는 일이기도 해. ㅇ, 우리가 언제, 어떻게, 어디에서
만나게 된 건지 모르겠지만, 서로를 기다려본 적이
있다는 것은 알 것 같아. 그 시간에 ㅇ는 나를, 나는 ㅇ를
길들였다는 것도 알고. 앞으로도 우리는 서로를
기다리겠지. 더는 기다릴 수 없는 날도 오게 될 거야.
슬픈 일이지만, 슬픔 안에는 슬픔만이 있는 것만은 아닌
것 같아. 어린 왕자가 책의 맨 마지막에 들려줬던 얘기지.
아빠, 보고 싶다. 곧 만나요.

작지만 확실한 행복

무라카미 하루키의 『작지만 확실한 행복』이란 책을
좋아해. 제목부터 귀엽지? 작지만 확실한 행복이라니.
꼭 책을 읽지 않아도 제목만으로도 뭔가를 그려보게
하는 이름이잖아. 오늘 너와 네 남편과 함께 파리에서
저녁을 먹었어. 밤새 술을 마셨지. 같이 밤을 보내는 내내
저 말을 여러 번 생각했다. '작지만 확실한 행복, 작지만
확실한 행복'이라고 되뇌며 몇 번을 실실 웃었어. 너는
"선아 취했나 봐. 왜 자꾸 웃어." 했는데 나 사실 안
취했었어. 그냥, 즐거워서 그랬어. 뭐랄까 너와 네 남편은
그걸 잘 알고 있는 것 같더라고. 작지만 확실한 행복.
결혼하자마자 둘이 호주에 간다고 했을 때, 호주에서
번 돈으로 미국과 유럽을 일주할 거라는 소식을
전해왔을 때, 그리고 운 좋게 너희의 유럽 일정에
함께할 수 있게 된 지금. 그런 둘을 보니 웃게 되네.

나 취해서 잘 기억이 안 나는데 우리 중에 누가
말했더라? 개그맨 김준현이 어느 프로그램에 나와서
'순댓국 백배 맛있게 먹는 법'에 대한 이야기를 했다며.
한겨울에 순댓국을 시킨 후, 반소매만 입고 밖에서
몸을 춥게 만들고 다시 따뜻한 가게에 들어가 먹으면
백배는 더 맛있다고 했지. 또 붕어낚시였나? 그걸 하러
가서 밤을 새우면, 졸린 데다 맥주가 엄청 당기는데 꾹
참고 집으로 향한다는 얘기도 들었던 거 같아. 초밥과
맥주를 사 집에 들어가서도 바로 먹지 않는다고 했어.
따뜻한 물에 샤워하고, 선풍기를 미풍으로 하고 속옷만
입고 초밥을 어느 정도 들여다보다가 맥주를 한 모금
마신다고. 하, 이렇게 긴 과정이라니. 하지만 알 것 같지
않아? 자신의 행복을 기다리는 모습이 귀여워서
그 얘기를 듣고 행복했다. 자신을 사랑하고, 어떻게 해야
사랑하는 '나'를 행복하게 해줄지 알고 있는 사람들의
이야기를 듣는 것은 즐겁지.

김준현의 이야기와 하루키 아저씨의 『작지만 확실한 행복』에 나오는 이야기들에서 찾은 공통점이 하나 있어. 그들이 '작지만 확실한 행복'을 찾는 동안 옆에 배우자가 있더라고. 김준현이 혼자 행복한 식사를 할 때, 아내는 먼저 먹고 들어가서 잔다고 했잖아. 무라카미 하루키 아저씨도 무슨 얘기를 할 때, 중간중간 아내가 무심하게 등장하거든. 뒤에서 피식 웃거나 신경도 쓰지 않거나 잠시 함께하거나 하는 식이야. 그들의 행복에 격하게 뛰어들지 않고, 그렇다고 그 행복을 방해하지도 않지. 밤새 들은 너희들의 여행 이야기도 마찬가지였어.

둘이 호주에서 요리를 해 먹고, 미국의 어딘가에서 좋은 경치를 볼 때. 너희들이 해준 이야기는 둘이 함께 있는 순간에 대한 이야기였지만, 마치 한 사람의 이야기처럼 들릴 때가 있었거든. 결혼이 뭔지, 사랑이 뭔지, 나는 아직 잘 몰라. 그렇지만 이런 이야기를 듣고 있으면 뭔가를 기대하게 되더라. 아, 너희 둘 덕분에 정말 행복한 새벽이었다. 근데 속 쓰려. 숙취는 어쩌지.

따뜻한 비데에 앉아

아까 우리 작은 서점에 갔잖아요. 그 서점에서 책을
몇 권 사면서 저와 점원이 나누는 얘기 들으셨어요?
멀리 있어서 듣지 못했을 것 같은데, 제가 책값을
깎았어요. 마음에 드는 책을 발견했는데 샘플로
전시되어 있던 것밖에 안 남았었거든요. 비굴하게
웃으면서 "마지막 책이니 깎아달라."고 했어요. 점원은
정색하더니 "마지막 책이라 오히려 돈을 더 받는다."라는
거예요. 프랑스에서는 그렇게 하는구나 흠칫 놀라고
창피해졌죠. 잠시 감동했어요. '그래. 기꺼이 마지막
책은 돈을 더 내고 사자.' 하며 계산대로 향했는데,
직원이 웃는 거예요. "농담인데 속은 것 같다."면서요.
그제야 안심하며 웃었고 10퍼센트 할인된 가격으로
책을 샀어요.

혹시 우리 사무실 화장실에 놓여 있던 책을 본 적이
있어요? 있을 거예요. 하루에 몇 번이나 쓰는 화장실이고.
변기에 앉으면 바로 오른편의 책꽂이가 보이니까요.
아마 오피스텔에 옵션으로 들어가 있는 책꽂이 같은데,
언젠가 그걸 발견하고 거기에 읽고 싶은 책을 꽂아뒀어요.
볼일 보며 짧게 읽을 수 있는 가볍고 재미있는 책으로요.
원고가 너무 안 풀리거나 도망치고 싶을 때는 거기 앉아

책을 읽었어요. 아주 잠깐이었죠. 겨울이든 여름이든
따뜻한 비데가 있어 좋았습니다. 그렇게 조금씩 한 권을
다 읽어갈 무렵에 앞쪽의 책장이 접혀있다는 걸
알았어요. 저는 책을 접으면서 읽지 않거든요. 제가
앞날개로 읽던 곳을 표시해놓은 게 뒷날개로 바뀌기도
했고요. 누굴까, 누가 이 책을 읽고 있을까, 궁금했어요.

점심시간에는 그 책에서 읽은 에피소드를 떠들곤 했어요.
한참 얘기하고 나면 누군가 아는 것 같은 눈초리를
할 때가 있었거든요. '저 사람이 읽었군.' 하기도 하고,
어떤 사람은 "나 그 얘기 아는데, 어디서 들었더라." 하며
머리를 긁기에 속으로 '사무실 화장실!' 하고 답해준 적도
있었죠. 한 시기에 같은 책을 읽고 이야기를 나누는 건
드라마나 예능 얘기로 웃는 것과는 또 다른 느낌이
들더라고요. 처음 꽂았던 책은 무라카미 하루키의
『그러나 즐겁게 살고 싶다』였을 거예요. 그다음엔
『개를 위한 스테이크』 같은 책도 꽂아뒀어요.

실장님과 함께 만든 책이 몇 권이나 될까요? 세보진
않았지만, 손과 발로는 셀 수 없다는 걸 알아요. 그렇게
같이 책을 만들다가 얼마 전에는 제 책 출판계약서를
썼잖아요. 그때 그런 생각을 했어요. 화장실에서,
침대 근처에서, 가볍게 읽을 수 있는 책을 만들고 싶다고.
그런 생각을 하다 보면, 따뜻한 비데에 앉아 짬짬이
책을 읽게 해준 이에게 고마움을 갖게 됩니다.

너는 크고 뚱뚱한 고양이

네가 아주 어렸을 때, 이런 생각을 한 적이 있어. '얘가
뚱뚱하고 못생긴 고양이가 되면 어쩌지?' 병원에 검진을
받으러 갔더니 네가 어른 고양이가 되면 덩치가 커질
거라는 거야. 살도 많이 찔 것 같다고 하고. 너는 그때
아주 작고 귀여웠는데, 뚱보 고양이가 된다니. 상상할
수 없었지. 아무에게도 말하지 못하고 혼자 걱정했었어.
'제발 못생긴 고양이가 되지 말아라.' 나는 어떻게든
내 눈에 아름다운 것만 좋아했거든. 친구들에게 선물을
받아도 예쁘지 않으면 구석에 숨겨두는 못된 인간이었지.
너는 빠르게 자랐고 의사의 예견대로 크고 뚱뚱한
고양이가 되더라고. 그런데 신기하게 나는 여전히 네가
좋다. 아니, 전보다 더 커다란 마음인 것 같아.

네게는 잠깐 나갔다 온다고 말하고 떠나왔는데,
너는 나를 기다릴까? 내 이불에 똥을 싸고 있다는 얘기를
엄마에게 전해 듣고 있어. 그게 나를 기다린다는 의미
같기도 해서 슬프면서 기쁘기도 해. 너는 한 번도 내게

좋아한다고 말해준 적이 없잖아. 내가 없다고 내 이불에
똥을 싸는 것은 나를 좋아하는 거 아닐까? 철없게도 그런
생각에 조금 기쁘지만, 역시 슬픔이 더 크다. 사람들에게
말하는 것처럼 "며칠 뒤에 돌아간다."라고 네게도
말해줄 수 있으면 좋을 텐데, 그런 소식을 전할 수도
들을 수도 없는 게 이럴 때 아쉽다.

나는 지금 파리라는 도시에 있거든. 거기에서 다른
고양이들을 만날 때마다 아주 작게 "모찌야!"라고
불러보곤 해. 세상의 모든 고양이를 보면 네가
생각나거든. 그리고 요즘은 친구들에게 받은 선물이
내 눈에 아름답지 않아도 잘 보이는 곳에 올려둬.
네가 내게 그런 걸 알려줬어. 이 말을 하면 너는
또 딴청을 피우겠지. 내 눈에는 온 우주에서 가장 멋진
고양이야. 많이 보고 싶다. 네가 고양이별로 돌아가기
전에 꼭 마당이 있는 집을 구할게. 그때가 오면
네 마음대로 떠나고 돌아와. 그때는 내가 그 집에
가만히 앉아 너를 기다릴게.

에필로그

초등학생 때, 학교에서 열리는 가족 캠핑에 참여한 적이
있다. 캠프파이어 시간에 눈을 가리고 손만 만져 아빠를
맞추는 게임을 했다. 단번에 찾을 줄 알았는데, 나는
아빠를 찾지 못했다. 캠핑이 끝나고 아쉬워하는 나를
위해 엄마는 우리만의 손 사인을 만들었다. 다음에 그런
게임을 또 하면 이 방법으로 서로를 찾기로 했다.
그 게임을 다시 할 일은 없었고, 그때 만든 비밀은
우리에게 '사랑해'의 다른 말이 되었다. 가끔, 우리는
손을 잡고 걷다가 소리 없이 사랑을 말한다.

이번 여름에는 어떤 이름을 가진 친구를 만났다. 부르기
좋은 이름이라 나는 자주 그 친구를 찾았다. 메시지로,
전화로, 편지로, 만나서도 그 아이의 이름을 자꾸자꾸
불렀다. 귀찮았을 법도 한데 그때마다 그저 웃어줬다.
내가 열 번쯤 그 이름을 부르면 한 번 정도 나를
다정하게 불렀다. 그때, 나는 내 이름이 잠시 좋았다.

이름이란 뭘까. 우리는 이름으로 만난다. 세상에는
수많은 '선아'가 있겠지만, 몇 번이고 나를 보며
내 이름을 부르다 보면 누군가에게 선아는 나로
기억될 수도 있을 거다.

그즈음이 되면 우리는 더는 이름을 부르지 않고도
서로를 알아볼 수 있다. 내 가족이 '선아야, 사랑해'라고
말하지 않고 내게 그 말을 전할 수 있는 것처럼.

앞서 '이름을 불러봤습니다.'라고 말해놓곤, (이 책을
읽지 않을 고양이를 제외하고) 특정한 이름을 적지
않았다. 소리 내어 부르지 않았지만, 누군가는 자신의
이름을 발견했을 거다. 이름 없는 편지에서 자신의
이름을 읽은 모든 이의 안녕을 바라본다.